Caminos jacobeos desde Cádiz
La Vía Augusta y la Vía del Estrecho
a Compostela por la Vía de la Plata

MANUEL BAREA PATRÓN

Caminos jacobeos desde Cádiz

La Vía Augusta y la Vía del Estrecho a Compostela por la Vía de la Plata

ALMUZARA

Primera edición: febrero de 2025

Editorial Almuzara • Colección Andalucía
Editora: Rosa García Perea
Maquetación: Miguel Andréu

www.editorialalmuzara.com
pedidos@almuzaralibros.com - info@almuzaralibros.com

Editorial Almuzara
Parque Logístico de Córdoba. Ctra. Palma del Río, km 4
C/8, Nave L2, nº 3. 14005 - Córdoba

Imprime: Romanyà Valls
ISBN: 978-84-10521-73-5
Depósito Legal: CO-137-2025
Hecho e impreso en España - *Made and printed in Spain*

Índice

PRÓLOGO

La presente obra de D. Manuel Barea Patrón sobre los Caminos de Santiago en la provincia de Cádiz permitirá al lector adentrarse en la geografía y la historia gaditanas y recorrer los caminos jacobeos del sur, conectando con los orígenes de las peregrinaciones a Santiago desde la Europa meridional.

Recordemos la frase del poeta germánico Johann Wolfgang von *Goethe* (Francfort, Alemania 1749-Weimar, Alemania 1832) que une la génesis de la civilización europea con el Camino hacia la ciudad Santa: "Europa se hizo peregrinando a Santiago de Compostela".

No podemos olvidar lo que afirmaba Paulo Coelho en su obra *El Peregrino de Compostela*, páginas que son, como el libro de Manuel Barea, fruto de su peregrinaje por el Camino de Santiago: «El camino de Santiago fue el cambio más grande de mi vida; gracias a la peregrinación decidí seguir mi leyenda personal y hacerme escritor. Además, me permitió comprender que la sabiduría se encuentra en las personas comunes y que hay que estar abierto a todo».

Recordemos cómo el escritor brasileño descubrió que su camino no solo no terminaba sino que acababa de comenzar mostrando el lado más humano de esta vía de descubrimiento, que es a lo que nos invita Manuel Barea por los tres caminos jacobeos de la provincia gaditana.

Adentrándonos en la obra, esta nos anima a caminar por la Vía Augusta, la calzada romana más larga de la *Hispania* romana, con una longitud aproximada de 1500 km, que discurría desde los Pirineos hasta Cádiz, bordeando el Mediterráneo continuando en Francia con el nombre de *Via Domitia*, y por Italia como *Via Flaminia* y *Via Aurelia* hasta enlazar con Roma.

Si hollamos sus páginas recorremos municipios de gran encanto a través de las sucesivas etapas por la provincia de Cádiz adentrándonos en la de Sevilla. Destacar la ruta jacobea por la Vía del Estrecho, cercana a la antigua *Carteia*, primera colonia latina *fundada por Roma fuera de territorio itálico, en el año 171 a.C.*

Asimismo, *Carteia*, primera sede episcopal, nos remonta a los orígenes del Cristianismo en el *Conventus Gaditanus*. Este enclave nos traslada a la primera evangelización de tierras gaditanas enlazando con San Hiscio, uno de los Siete Varones Apostólicos, cuyas reliquias se veneran en la parroquia de San Mateo de Tarifa, por cuya plaza homónima podrá pasar caminando el peregrino.

Por otra parte, la Vía Serrana es un itinerario que igualmente permite al peregrino que comience en el Campo de Gibraltar llegar hasta la «Vía de la Plata», uno de los siete principales itinerarios jacobeos que jalonan la Península Ibérica para llegar hasta *Santiago de Compostela*.

La obra de Manuel Barea hace también una breve referencia al Camino de la Frontera, que confluye en Olvera (Cádiz) con la Vía Serrana, y ya en Los Santos de Maimona (Badajoz) se une a la Vía de la Plata. Recordemos que la Vía Serrana, que principia en el Estrecho de Gibraltar, une el municipio linense, a través de Ronda, con el Camino de la Frontera en Olvera, y con la Vía Augusta en Utrera, conectando con la Vía de la Plata en Sevilla, la cual de sur a norte recorre España por el occidente peninsular hasta llegar a Santiago.

Recorriendo la Vía del Estrecho el peregrino caminará por Medina Sidonia, la antigua *Asido Caesarina*, capital de la diócesis gaditana hasta la *Traslatio Sedis* en tiempos de Alfonso X *el Sabio* (1252-1284) a Cádiz. La tradición recoge la intervención del Apóstol Santiago en numerosas batallas de la reconquista, incluyendo la de Medina Sidonia (siglo XIII), no debiendo olvidarse la leyenda que recoge su aparición en la explanada frente a la ermita de los Santos Mártires, la cual también se conoce como ermita de *Santiago del Camino.*

Testimonio pétreo de esta devoción es el escudo heráldico de la ciudad en el que podemos contemplar a Santiago sobre un corcel con espada en la mano. Al igual que en la capital gaditana y en Jerez de la Frontera, la iglesia de Santiago de Medina Sidonia remonta sus orígenes a una primitiva ermita dedicada al Apóstol erigida en el arrabal fuera del recinto amurallado del municipio asidonense en la segunda mitad del siglo XIV, en 1384.

El libro contiene igualmente interesantes comentarios sobre aspectos históricos y etnológicos de los municipios que irán encontrando los peregrinos en su caminar, relacionados con este peregrinaje milenario que aúna religión, arte, cultura y ecologismo (juntos o por separado).

Ya por último, destacar cómo nuestro excelso antropólogo y buen amigo, en sus reflexiones finales, hace un llamamiento a las instituciones provinciales para que se impliquen en los proyectos jacobeos, un llamamiento para que ayuden a las Asociaciones que promueven el cuidado y la puesta en valor de estas rutas que como hemos mencionado en el caso gaditano son la Vía Augusta, la Vía del Estrecho y la Vía Serrana.

Con toda seguridad el lector disfrutará de esta obra de D. Manuel Barea Patrón caminando por senderos gaditanos hacia la Ciudad Santa de Santiago de Compostela. Felicitamos al autor de esta obra y deseamos al lector ¡Buen Camino!

Francisco Glicerio Conde Mora

1.ª PARTE

«Los viajes son los viajeros. Lo que vemos
no es lo que vemos, sino lo que somos».

Fernando Pessoa, poeta portugués (1888-1935).

PREÁMBULO

A modo de orientación, quisiera matizar que esta propuesta no nace con pretensiones académicas, historicistas o eruditas. Más bien ha sido concebida como una posibilidad de compartir con el lector, con la lectora, el caminante, el peregrino unas vivencias por dos caminos jacobeos del sur peninsular y europeo: la Vía Augusta y la Vía del Estrecho. No tiene pretensiones de la clásica guía turística al uso, de las que hay mucha información en redes sociales y páginas webs.

Pero los itinerarios no son solo la materialidad de las calzadas. Incluyen todo un mundo cultural, espiritual; de ahí que sean obligadas las referencias a aspectos históricos, artísticos y culturales, en dosis que no supongan un exceso de erudición.

Se narran experiencias viajeras acumuladas durante más de una década de pertenencia a la Asociación Gaditana Jacobea «Vía Augusta» de Cádiz, con la que sigo colaborando como socio, pues son muchos los peregrinos extranjeros que se desplazan a nuestra provincia para recorrer estas sendas[1]. Una aventura que nunca finaliza. Por ello, el objetivo es difundir, invitar a caminar las geografías gaditana y sevillana de interior, a veces desconocidas, siempre sorprendentes para el viajero sensible

En el recuerdo, las personas que impulsaron estos caminos. Respecto a la Vía Augusta, los compañeros de la Asociación de Amigos del Camino de Santiago de El Puerto de Santa María (Cádiz), que desde el año 2006 iniciaron esta labor. Y, posteriormente, a partir de 2009, los trabajos de la Asociación Gaditana Jacobea «Vía Augusta» de la ciudad de Cádiz, especialmente de nuestro presidente de honor, Luis Taboada Barberi (RIP), del exsocio Antonio Miranda Sánchez, que asesoró en la labor de investigación, y de miembros de la asociación, como el vocal de señalización Santiago Galván Carreño. Cumple reconocer cómo surge hoy esta modesta contribución. En cuanto a la Vía del Estrecho, su responsabilidad ha sido exclusiva de la asociación gaditana Vía Augusta, al igual que la de la Vía Serrana.

El resto ha sido trabajo de campo, a nivel tanto asociativo como personal, señalizando, impulsando, colaborando con instituciones, con la familia jacobea en general, y caminando estas sendas a pie o como bicigrino (con una edad ya pasados los sesenta años), en una labor continua de investigación para actualizar la información al caminante, el objetivo más importante. Una tarea que no cesa y que se retroalimenta con las sugerencias de los muchos peregrinos, nacionales e internacionales, que transitan estas sendas, los cuales a veces se dan a conocer y nos visitan en la sede de la asociación, o bien pasan desapercibidos y anónimos, y cuando finalizan sus caminos nos envían reseñas y recomendaciones, lo cual es muy de agradecer, pues sus experiencias las acumula-

1 Estas dos vías tienen como complemento la Vía Serrana, que parte de la ciudad de La Línea de la Concepción (Cádiz), a orillas del Mediterráneo, y sube por el Parque de los Alcornocales y el Valle del Guadiaro hacia Ronda (Málaga), continuando por la sierra norte gaditana hacia Sevilla, donde enlaza con la Vía de la Plata. Puede consultarse en la bibliografía la obra *La Vía Serrana jacobea. El camino jacobeo más meridional de Europa.*

mos para que sirvan para posteriores peregrinos por ambos caminos: la Vía Augusta y la Vía del Estrecho.

Esperamos que los lectores disfruten de estas dos rutas gaditanas, me acompañen por sus geografías y poblaciones, y se adentren en su patrimonio e historia.

APROXIMACIÓN AL HECHO JACOBEO

«Quiso Dios fuertemente a España honrar,
cuando al Apóstol santo quiso allí enviar,
frente a Inglaterra y Francia quísola mejorar:
sabed, no yace apóstol en todo aquel lugar».

Anónimo, «Poema de Fernán González» (s. XIII).

El Camino de Santiago es una vía de comunicación que, ya desde comienzos del siglo IX, traspasaba las fronteras, regiones y países de la naciente Europa. Solo hay que observar los mapas de la época para ver las rutas que procedían de los confines del continente: Francia, Escandinavia, la actual Alemania, Centroeuropa, los Balcanes, Italia, etc. Caminos que atravesaban los puertos pirenaicos y confluían en Puente La Reina (Navarra) buscando el *Campus Stellae.* El Consejo de Europa lo declaró «Itinerario Cultural Europeo» en 1987 y la UNESCO «Patrimonio de la Humanidad» en 1993. En una Europa donde los burgos y ciudades forman parte de su historia desde la Baja Edad Media, es comprensible que se haga referencia a él como «Calle Mayor de Europa».

La mítica y legendaria aparición de los restos del apóstol Santiago hacia los años 820-830, en un momento histórico clave para las monarquías peninsulares, representa un hito fundamental para comprender el devenir histórico, religioso y cultural de Europa y de España.

Por su parte, Carlomagno, rey de francos y lombardos y emperador de Occidente (s. VIII-IX), también vio en el descubrimiento del sepulcro del apóstol una ocasión histórica para fortalecer las vías de comunicación heredadas del Imperio romano en el continente europeo y frenar el empuje del islam.

Ambos factores influyeron en la rápida difusión de la peregrinación a Compostela por todo el continente europeo, especialmente por parte de los «francos». El camino, además de su vertiente espiritual, supuso repoblación, revitalización económica y cultural, asentamiento de órdenes religiosas como cluniacenses y cistercienses, entrada y difusión del arte románico y gótico (Jaca, Pamplona, Eunate, Nájera, Santo Domingo de la Calzada, Burgos, Frómista, León, entre otros), hospitales, albergues, diversidad y multiculturalidad. Y todo ello fomentado por los monarcas de Navarra, Aragón, Castilla, León o Asturias, y también de Francia.

Un texto fundamental para entender la difusión del Camino de Santiago en la Edad Media es el *Codex Calixtinus*, escrito en latín hacia la mitad del siglo XII (1135-1140), cuyo manuscrito original se conserva en la catedral de Santiago. Su libro V es conocido como *Liber peregrinationis* o *Guía del peregrino medieval*. Se considera la primera guía de viajes por Europa. De autor anónimo, se le ha atribuido al clérigo Aymeric Picaud, francés de la región del Poitou. Es el principal documento para fijar las antiguas rutas de peregrinación a Santiago por Francia y España. Está traducido a la mayoría de los idiomas europeos.

Asimismo, influyó posteriormente en la importancia dada a este descubrimiento de los restos del apóstol Santiago el que el reino de Jerusalén cayera en 1187 en manos del islam, cerrando así el acceso a los santos lugares a los peregrinos cristianos.

Desde entonces, aunque con altibajos —como los siglos XIV y XV, centurias de cismas, guerras, hambrunas, pestes—, el camino se fue consolidando como un itinerario no ya europeo, sino mundial, pues es cada vez más numerosa la presencia de peregrinos transcontinentales: americanos —del norte, centro y sur—, asiáticos, australianos, neozelandeses, además de los ya clásicos europeos de todas las nacionalidades, más allá de credos y confesiones. Pues se concibe como un camino de espiritualidad, de religiosidad.

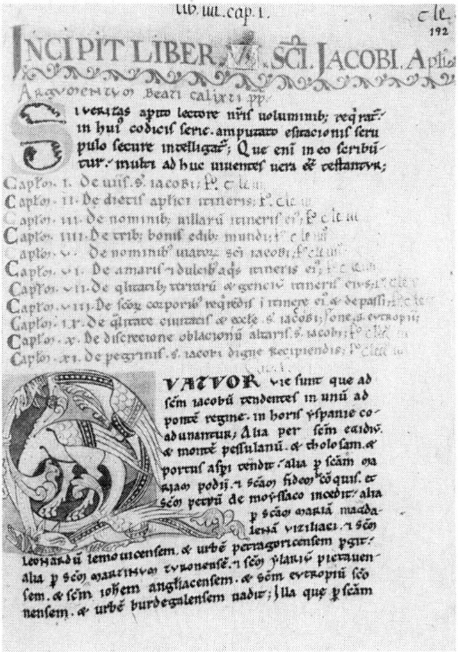
INCIPIT LIBER … SCI. JACOBI. Apli

Incipit del *Codex Calixtinus, Liber Sancti Iacobi* o *Libro de Santiago.*
(Foto Xacopedia)

Un camino ecuménico, una ruta multicultural, políglota, intergeneracional, de enriquecimiento personal, que nos ayuda a comprender y aceptar la diversidad, lo diferente y a entender al «otro» superando etnocentrismos.

En definitiva, una joya patrimonial al alcance de todos, unas vivencias recomendables para quien guste de compartir soledades y convivencias, que quiera escuchar y escucharse, con la mirada abierta a nuevos horizontes, a través de las ricas, diversas y fascinantes tierras y pueblos de la piel de toro ibérica, en este caso andaluzas, de la provincia gaditana, la más meridional del continente europeo.

Descubrimiento del sepulcro del apóstol Santiago el Mayor por el obispo Teodomiro de Iria Flavia (aldea de Padrón, La Coruña), Tumbo A, c. 1130 de la catedral de Santiago de Compostela.
(Foto Xacopedia)

La geografía peninsular, tanto lusa como española, está surcada por multitud de caminos que confluyen en Santiago de Compostela. Portugal cuenta con al menos dos que suben hacia el norte, bien por la costa desde Lisboa, bien por el interior desde Faro, en el Algarve. En España, especialmente a partir del Xacobeo 93, han ido revitalizándose o surgiendo rutas alternativas al camino francés: camino del norte desde Irún; camino primitivo desde Oviedo; camino portugués desde Lisboa, Oporto o Tuy; la histórica Vía de la Plata desde Sevilla; el camino sanabrés, también conocido como mozárabe, desde Granja de Moreruela (Zamora); los diversos caminos del Levante; o el camino mozárabe desde Almería a Mérida (con sus extensiones desde Málaga y Jaén), que enlaza con la Vía de la Plata.

Y también el camino denominado Vía Augusta entre Cádiz y Sevilla, que toma su nombre de la famosa vía romana que unía la capital del Imperio con la ciudad de Gades, al otro lado de las Columnas de Hércules, con su conexión desde el Campo de Gibraltar, Algeciras, a través de la Vía del Estrecho.

Caminos jacobeos peninsulares; habría que añadir la Vía del Estrecho y la Vía Serrana (provincia de Cádiz). (Foto internet-Xacopedia)

Los peregrinos de Andalucía que quieren llegar a Santiago suelen, en su mayor parte, desplazarse en medios de transporte hasta el camino francés o cualquiera de los alternativos ya citados.

Otra opción, cada vez más transitada, es la Vía de la Plata, que discurre desde Sevilla hacia Astorga, cuyo trazado inicial conectaba las ciudades de *Augusta Emerita* (Mérida) con Asturica Augusta (Astorga), aunque en tiempos recientes dicha denominación se ha ampliado y se utiliza para unir Gijón con Sevilla. Históricamente, el *Itinerario de Antonino*

(s. III d. C.) describe el recorrido de esta: *Iter ab Emerita Asturicam*[2], que partía de Augusta Emerita (Mérida), capital de la provincia lusitana, para finalizar en Asturica Augusta (Astorga), capital del convento asturicense y una de las principales ciudades de la provincia Tarraconense.

Mapa de los tres caminos jacobeos de la provincia de Cádiz: Vía Augusta, Vía del Estrecho y Vía Serrana.

Sin embargo, para aquellos peregrinos procedentes de las tierras más al sur de la península, como la provincia de Cádiz, la ruta natural sería la denominada Vía Augusta, en el tramo comprendido entre *Gades* e *Hispalis,* es decir, Cádiz y Sevilla. Alcanzada la ciudad de la Giralda, la ruta enlaza con la Vía de la Plata hacia Santiago de Compostela.

2 «Camino desde Mérida a Astorga».

BREVE RESEÑA HISTÓRICA SOBRE LA VÍA AUGUSTA

«En la tercera expedición fundaron Gadeira, y alzaron el santuario en la parte oriental de la isla, y la ciudad en la occidental».

Estrabón, *Geographiká*, III, 5, 5.

La Vía Augusta es la calzada más larga de la Hispania romana, con una longitud aproximada de mil quinientos kilómetros, que discurría desde los Pirineos hasta Cádiz, bordeando el Mediterráneo. Unía las provincias Bética y Tarraconense con Roma a través de la Galia, la red de comunicación terrestre más importante del Imperio y del Mare Nostrum occidental.

El *Itinerario de Antonino* (s. III d. C.), una recopilación de rutas del Imperio romano, o los votivos vasos Apolinares o de Vicarello (s. I d. C.) ya la citaban y era el eje principal de la red viaria en la Hispania romana. Ambos constituyen dos informaciones básicas para conocer las distancias entre *mansios*[3] expresadas en millas (equivalentes a 1.481 metros aproximadamente) y los nombres históricos de dichos lugares de descanso (postas), muchos de los cuales son hoy ciudades.

---

3 Posadas, ventas, paradores. Estaban bajo la supervisión de un oficial romano, el *mansionarius*. Contaban con baños termales, habitaciones para el descanso, cocina, comedor, fragua, granero, establos…

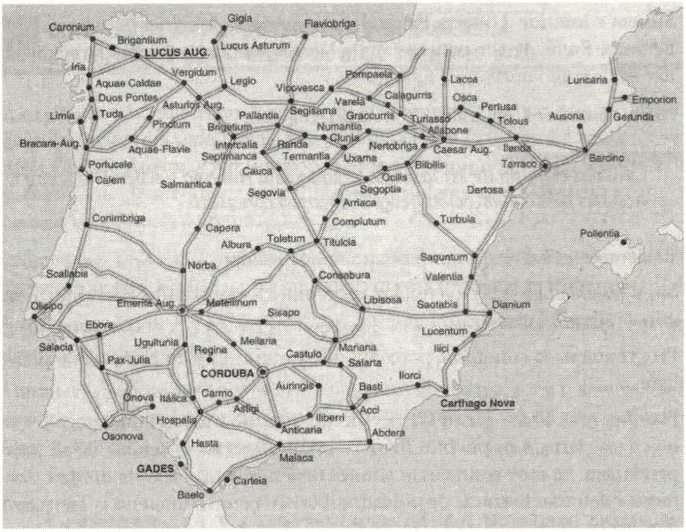

Principales calzadas romanas en Hispania. En la provincia de Cádiz: Vía Augusta (Gades-Hispalis) y Vía Hercúlea (Gades-Baelo-Carteia-Malaca-Abdera —actual Adra—).
(Foto internet)

Miliario romano, patio de la catedral-mezquita de Córdoba, en el acceso por la puerta de Las Palmas y arco de Bendiciones.

Dicha vía unía Roma con Gades y estaba jalonada con arcos (como los de Cabanes, en Castellón de la Plana; o el de Bará, Tarragona), puentes (Las Alcantarillas, en el término de Utrera (Sevilla); Córdoba; Cástulo —Linares, Jaén—) y miliarios de piedra, de los que se tienen noticia de más de cien, con el número de la milla y el nombre del emperador que colocó cada uno.

Fue la principal de las calzadas romanas en la península ibérica, la que comunicaba Roma con el extremo occidental del Imperio, la actual ciudad de Cádiz. Se mejoró en el siglo I, en tiempos del emperador Octavio Augusto (del que toma el nombre), aunque su construcción y mantenimiento fueron una obra continua debido a su importancia estratégica, como sucede actualmente con carreteras y autovías.

IMP. CAESAR. DIVI. F.
AVGVSTVS. COS. XIII. TRIB.
POTEST. XXI. PONTIF. MAX.
A.BAETE. ET. IANO. AVGVS.
AD. OCCEANVM
⊥XIIII

Texto latino del miliario de la derecha en la Catedral de Córdoba: «[...] desde el Baete (río Betis) y Jano Augusto (la puerta de entrada a la provincia romana de la Bética) hasta el océano 114 millas» (el destino final podría ser Gades, el templo de Hércules en Sancti Petri o el mismo océano). (https://www.notascordobesas.com/2012/10/los-miliarios-del-arco-de-bendiciones.html)

La existencia de la Vía Augusta permitió al Imperio allanar el camino a sus legiones, ayudar al desarrollo de las colonias y acelerar el comercio y la economía de mercado. Gracias a ella, Roma pudo importar de Hispania trigo, aceite, vino, conservas, *garum*[4], cerámica o lana. También metales, que eran esca-

---

4 Traducido como «garo», salmuera, salsa preparada con vísceras fermentadas de pescado (atún, morena, caballa) muy extendida en la gastronomía romana. Se empleaba por los habitantes de la antigua Roma, principalmente, para condimentar o acompañar gran cantidad de comidas. Tenía también usos terapéuticos en medicina y cosmética.

sos en Italia, como oro, plata, cobre o hierro, explotados en la península desde época tartésica y fenicia. Ir desde Cádiz hasta los Pirineos suponía mes y medio de viaje, y de Cádiz a Roma podía tardarse, a la media habitual de veinticinco kilómetros diarios, un promedio de tres meses y medio. De ahí la importancia de las citadas *mansios* en el itinerario.

Los ingenieros romanos marcaban siempre un trazado lo más recto posible, con el propósito de que la vía pudiera soportar sin ningún tipo de limitación transportes excepcionales que eran de valor estratégico para el Imperio. En este sentido, la Vía Augusta es un buen ejemplo de las extraordinarias capacidades de sus carreteras. En el tramo entre Cádiz y Sevilla los lugares de paso eran:

—Gades (Cádiz).
—Ad Portum (entre San Fernando y Puerto Real).
—Portus Gaditanus (El Puerto de Santa María).
—Asta Regia (Mesas de Asta, Jerez de la Frontera).
—Ugia (Torre Alocaz, Utrera).
—Caura (Coria del Río).
—Orippo (Dos Hermanas).
—Hispalis (Sevilla).

Caminante, peregrino, vas a hollar sendas con mucha historia que sirvieron a romanos, y luego a visigodos, árabes y castellanos, para recorrer la geografía peninsular partiendo de Gades, el extremo más occidental y alejado del Imperio romano, el *Non Plus Ultra*. Una vía luego reconvertida en caminos reales y carreteras nacionales (véase la actual carretera N-340, que une Cádiz con Barcelona), cuyo trazado sigue plenamente vigente gracias a la sabia ingeniería de los constructores que la diseñaron hace dos milenios. Se dice que los griegos fueron arquitectos y los romanos ingenieros. Estos nos dejaron magníficas calzadas, como la misma Vía Augusta o la Vía de la Plata, además de acueductos, puentes, teatros, anfiteatros, termas, basílicas o ciudades.

Pasados los Pyrinnees, continuaba en la Vía Domitia a través de la Galia narbonense hasta llegar a la Ciudad Eterna.

Su nombre original fue el de Vía Augusta Julia, en honor a los emperadores Julio César y Augusto, quienes intervinieron en su construcción, a finales del siglo I a. C., nombre que persiste en la última calle-carretera de la actual ciudad de Cádiz.

Por estas fechas el emperador Julio César le concede a Gades el título de *Augusta Urbs Julia Gaditana* y a sus pobladores la ciudadanía romana, merced a la mediación de Balbo el Menor, su hombre de confianza. Su amistad con Julio César comenzó cuando este fue cuestor[5] de la Bética en el año 69 a. C. Como prueba de su florecimiento, baste decir que se construye la calzada citada, la Vía Augusta, de la cual aparecieron restos en Puerto Real (Barrio Jarana) con ocasión de las obras de la nueva vía férrea, junto con alfares y excelentes mosaicos. Igualmente, conviene detenerse en la estirpe de los Balbos: Lucio Cornelio Balbo, el Mayor, primer extranjero en lograr el honor de cónsul en el año 40 a. C.; así como su sobrino, de idéntico nombre y conocido como el Menor, cuya estatua preside una fuente en Cádiz por donde pasa el trazado urbano de la Vía Augusta jacobea. Se trata de una familia de insignes gaditanos, hispanorromanos, por lo tanto, al servicio de Roma, pero nativos de aquella Gades gloriosa.

Vasos Apolinares o de Vicarello (s. I d. C.),
Museo Nazionale romano (Foto: Wikipedia).

5 Magistrado menor encargado de la recaudación de impuestos. Sus funciones variaron a lo largo de la historia del Imperio romano.

Esta vía, ahora jacobea y cuyo trazado actual se ha modificado parcialmente a fin de evitar carreteras y asfalto, trata de seguir un itinerario lo más acorde posible con la historia, pero también intentando aprovechar sendas, caminos y cañadas, y ofrecer posibilidades para la pernocta del caminante.

El camino jacobeo denominado Vía Augusta, como se ha dicho, parte de la ciudad de Cádiz para dirigirse a través de su bahía por San Fernando y Puerto Real hasta El Puerto de Santa María. Dejadas atrás las marismas atlánticas toma rumbo norte hacia Jerez de la Frontera, El Cuervo de Sevilla, Lebrija, Las Cabezas de San Juan, Utrera, Alcalá de Guadaíra y tiene su fin en Sevilla, ante la puerta de la Asunción de su catedral de Santa María, en la que hay una imagen del apóstol Santiago como peregrino en actitud orante.

Como se ha comentado, una de las fuentes de información histórica que confirmaron el trazado de esta vía son los ya citados vasos Apolinares o de Vicarello. Posiblemente de carácter votivo, aparecieron en 1852 en la localidad de Bagni di Vicarello (Lazio, Italia), a treinta kilómetros al norte de Roma. Se trata de una ciudad termal muy frecuentada en la Antigüedad, donde existía un santuario a Apolo y a las ninfas apolinares, conjunto conocido como *Acquae Apollinaris.*

El hallazgo consistió en cuatro cilindros de plata, en forma de miliario romano, en los cuales están grabadas las paradas o *mansios* desde Gades hasta Roma. En la parte superior, a modo de título, aparece la siguiente inscripción: *Itinerarium a Gades Romam* («Camino de Gades a Roma»). En la actual provincia de Cádiz las *mansios* que aparecen son: Ad Portum (entre las actuales San Fernando y Puerto Real) y Hastam (¿al este del actual núcleo urbano de Jerez, cercana a Vicos o Mesas de Asta?); en la de Sevilla: Vgiam (Torre Alocaz, pedanía de Utrera), Orippo (actual Dos Hermanas), Hispalis (Sevilla), Carmo (Carmona) y Astigi (Écija); a continuación, venían Cordvba (Córdoba, la capital de la provincia Bética) y Castulo (Linares —Jaén—), donde el Ianus Augustus o puerta de entrada a la Bética marcaba la frontera con la provincia Tarraconensis. La Vía Augusta se aproximaba a la costa mediterránea por Valentiam (actual Valencia) para continuar por la Tarraconense hasta llegar a la capital del Imperio, tras cubrir una distancia de aproximadamente 1.840 millas (2.700 km).

Los vasos de Vicarello reflejan, además, las distancias intermedias entre cada *mansio*, es decir, las etapas que cubrir por caminantes, caballerías, ejércitos, funcionarios de la administración romana, etc. Con el Imperio surgió el *cursus publicus* o servicio público de transporte de correos y mercancías. El emperador Augusto organizó las estaciones de «postas» y junto a las *mansios* para el descanso había estaciones intermedias o *mutationes* para el cambio de animales de tiro, reparaciones de los *carrus* o descanso de caballerías, localizadas cada 12 o 18 millas (entre 18 y 27 km)[6].

Todo ha hecho pensar que los cilindros de Vicarello fueron fabricados en la antigua Gades, y su confección confirma plenamente la existencia e importancia en aquellos tiempos de una importante vía de comunicación entre esta polis romana y su bahía, uno de los puertos más activos del Imperio (el Portus Gaditanus), y la capital del mismo: la Vía Augusta, que partiendo de la actual Cádiz, y a través de poblaciones como Carmo (Carmona), Cordvbam, Valentiam, Tarraconem, Ivncariam (La Junquera), atravesaba los Pirineos para dirigirse por la Vía Domitia, y a través de la provincia romana Gallia Narbonensis, a Roma.

Por la información que ofrecen se los ha datado entre los mandatos de Augusto y Tiberio (en torno al s. I d.C.). En 1953 se obtuvieron las copias en bronce que hoy conserva la Real Academia de la Historia y que se expusieron en Cádiz con motivo de los eventos del Bicentenario de la Constitución de Cádiz de 1812, en la Casa Pinillos. Los originales vasos de Vicarello se encuentran expuestos en el Museo Nazionale romano. Una suerte su conservación por el valor histórico y testimonial que aportan, indeleble: un auténtico mapa de

6 Que coincide aproximadamente con la distancia promedio que camina un peregrino al día.

carreteras de hace dos mil años que indica cómo se viajaba en época romana de Gades a Roma, pues la «milla cero» partía de Cádiz.

Otras vías romanas famosas fueron la Vía Appia, que unía Roma con Capua y Brindisi (puerto del Adriático); la Vía Aurelia, de Roma a Pisa y los Alpes marítimos; la Vía Flaminia, de Roma a Ariminum en la costa norte adriática; o la Vía Domitia, que atravesaba la Gallia Narbonensis paralela a la costa mediterránea y enlazaba los Alpes con los Pirineos. A ella se unía la Vía Augusta tras pasar esta cadena montañosa.

Con anterioridad a esta vía, los romanos construyeron una vía terrestre paralela a la costa, la Vía Heraclea, que reproducía el mítico viaje del héroe mitológico Hércules en su regreso a Grecia tras haber robado los bueyes de Gerión con ocasión de su décimo trabajo[7]. Unía las antiguas factorías fenicias y púnicas por tierra firme, de forma paralela a la vía costera de cabotaje seguida por los pilotos de las trirremes y galeras romanas. Finalmente, en la Betica existió otro eje transversal, norte-sur, la vía Cordvba-Carteia, cuya función era esencialmente militar y servía de enlace entre el ejército de tierra acantonado en la capital de la provincia, la actual Córdoba, y la flota anclada en Carteia (actual San Roque, en la bahía de Algeciras).

La Vía Augusta enlazaba las capitales de los cuatro *conventus* en que estaba dividida la provincia Betica: Gades, Hispalis, Astigi (Écija) y Cordvba.

Calzadas, urbes, derecho y lengua fueron las claves de la articulación del Imperio romano en su expansión, y los Vasos de Vicarello, junto con el *Itinerario de Antonino* (ca. s. III d. C. o e. c.), confirman la importancia de las vías de comunicación para la difusión de la cultura romana, en este caso la Vía Augusta, que como se ha dicho da nombre a la última

7 Relato en el que intervienen Zeus, Alcmena, Hera, Euristeo y el propio Heracles, el héroe tenido como fundador de la ciudad de Cádiz que aparece en la leyenda *Hercules Fundator Gadium Dominatorque* («Hércules fundador y dominador de Cádiz»). Una maravillosa tragedia que se recomienda consultar.

calle de la ciudad de Cádiz, la Vía Augusta Julia, que se dirige a San Fernando a través del istmo, el antiguo «arrecife».

Desde hace unas décadas todos los caminos jacobeos están teniendo una importante revitalización, fruto de las colaboraciones de las distintas asociaciones del Camino de Santiago locales, regionales, autonómicas y estatales con las distintas administraciones. Ello se percibe cuando transitamos por sus veredas y senderos. Y no es menos la Vía de la Plata, cuyo auge es palpable ya desde la misma Sevilla, y en mayor medida a medida que el caminante-peregrino o bicigrino se aproxima a Granja de Moreruela (Zamora), de donde parte el camino mozárabe sanabrés, o a Astorga (León), donde enlaza con el camino francés.

Este camino que aquí presentamos, la Vía Augusta, hace años que también está teniendo una notable revalorización desde el punto de vista jacobeo, como lo muestra el creciente número de peregrinos que acuden a Cádiz en demanda de información y son atendidos tanto por la Asociación de Amigos del Camino de Santiago con sede en El Puerto de Santa María como por la Asociación Gaditana Jacobea «Vía Augusta» de Cádiz.

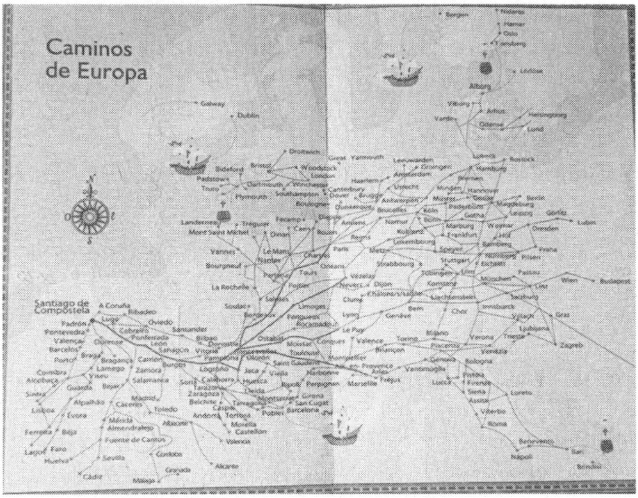

Mapa en una credencial de hacia 2020 en el que aparece la Vía Augusta jacobea Cádiz-Sevilla.

Un logro fundamental fue que la Vía Augusta, con su inicio en Cádiz, aparezca en el mapa de la credencial del peregrino, pues anteriormente el comienzo de la ruta más al sur era Sevilla, de donde parte la Vía de la Plata. Y, asimismo, en todos los mapas e itinerarios a Santiago de Compostela ya aparece Cádiz como kilómetro 0 y extensión de la Plata hacia el sur. Y también aparecen ya la Vía del Estrecho (Algeciras-Puerto Real-Sevilla) y la Vía Serrana (La Línea de la Concepción-Ronda-Sevilla).

Caminos jacobeos en las provincias de Cádiz, Sevilla y Málaga:
Vía Augusta, Vía del Estrecho y Vía Serrana.
(Foto Asociación Jacobea Vía Augusta, Cádiz)

Ambas asociaciones comenzaron sus actividades en los años 2006 y 2009, respectivamente, y son las encargadas de la señalización, mantenimiento, información a caminantes y expedición de credenciales, así como de las relaciones con instituciones provinciales y locales por las que pasan los caminos. Es de resaltar y agradecer que, poco a poco, va calando más el espíritu jacobeo y se percibe mayor sensibilidad en las instituciones, lo cual se traduce en autorizaciones para la instalación de hitos y señalética en los puntos de entrada y salida de las poblaciones.

Asimismo, contribuye también al auge tanto del camino mozárabe de la Vía de la Plata como de la Vía Augusta la saturación, especialmente en ciertas fechas, que están soportando otras vías jacobeas, fruto de la difusión mundial que estamos viviendo en los últimos años por las redes sociales. Y también el hecho de que en periodos invernales la climatología andaluza sea bastante benigna.

Todos estos factores están posibilitando la puesta en valor de este importante «patrimonio cultural intangible» que devuelve a la provincia de Cádiz a sus orígenes romanos al recuperar para su ciudadanía y para caminantes, tanto nacionales como internacionales, la antigua calzada que unía Gades con Hispalis, ahora reconvertida en camino jacobeo.

Sería deseable que esta importante empresa conjunta sirviera como llamada a todas las administraciones implicadas en su trazado (ayuntamientos, diputaciones, demarcación de costas y parques naturales, organismos estatales) para una eficaz y coordinada colaboración que redunde en una mejora de la información al peregrino, colocación de hitos, señales en las carreteras: para el caminante, la señal del camino no solo le informa, sino que es también un apoyo emocional. O la creación de albergues e infraestructuras, etc. En fin, difundir y poner en valor nuestro rico patrimonio cultural y patrimonial, alternativo y tan diferente del que ofrece el clásico camino francés.

ANTES DE EMPEZAR

«Este gran caballero de la cruz bermeja háselo dado Dios a España por patrón y amparo suyo, especialmente en los rigurosos trances que, con los moros, los españoles han tenido, y, así, le invocan y llaman como defensor suyo en todas las batallas que acometen».

Miguel de Cervantes, *El ingenioso caballero don Quijote de La Mancha* (segunda parte, capítulo LVIII).

La peregrinación se puede hacer de muchas maneras. Mi experiencia ha sido mayormente como caminante a pie, aunque la he experimentado también como bicigrino. Como el autor conoce ambas opciones puede opinar y, sin duda alguna, le parece que caminar es la experiencia total, la forma tradicional que enlaza con la historia, con la peregrinación medieval.

Cualquier tramo del camino, de cualquier ruta jacobea, aunque no lleguemos a Santiago de Compostela, es válido para experimentar el rol de peregrino. Porque el viaje es tanto exterior como interior.

Es importante una buena planificación: decidir cuántos kilómetros recorrer (sin prisas); dónde pernoctar; qué visitar. Dosificar el esfuerzo: comenzar con etapas de corto recorrido e ir aumentando a medida que el cuerpo va entonándose. Para recorridos largos, de más de quince etapas, es recomendable dedicar un día al descanso en una población relevante (por ejemplo, en el camino francés, Burgos o León), olvidarse de la mochila y dedicarse a visitar monumentos, catedrales, monasterios, etc. Es otra forma de hacer «camino», de conocer la historia, el origen de las peregrinaciones.

Asimismo, llevar a mano la guía de las etapas (ahora *tracks*), las distancias y poblaciones intermedias, teléfonos de los albergues u hostales, un libro de lectura para esos momentos de calma y tranquilidad, y siempre una pequeña libreta para anotar todo cuanto se nos ocurra y nos depare la experiencia, que luego podremos pasar al diario. Y si hay asociaciones del camino en las poblaciones, visitarlas, saludar a las personas que mantienen las rutas, las señalizan y se preocupan por los peregrinos. Son los herederos actuales del legado histórico que supone el camino a Compostela.

Ya solo queda cargar el morral, la mochila, con lo imprescindible, coger el bordón o bastón, un calzado cómodo (en verano vienen bien unas buenas sandalias), la credencial jacobea y echarse al camino.

Credenciales del peregrino.

Para bicigrinos, la Vía Augusta, al ser prácticamente llana, todas las etapas son perfectamente ciclables. Respecto a la Vía del Estrecho, hay tramos en los que se recomienda transitar por carreteras cercanas locales, de escaso tráfico.

En cuanto a alojamientos, tanto para la Vía Augusta como para la del Estrecho, se recomienda consultar la página web de la asociación gaditana Vía Augusta (www.asociacionjacobeacadiz.org), actualizada y que se retroalimenta periódicamente con los comentarios y sugerencias de los peregrinos.

ALGUNAS REFLEXIONES DEL CAMINANTE

Te pones a caminar, coges tu mochila, el bastón, los bastimentos, llevas la credencial, tienes diseñada la ruta, tu camino, los albergues previstos, todo organizado, y posiblemente te preguntes: «¿Pero solo eso es el camino? ¿Meros aspectos logísticos, materiales?». Adivinas la respuesta, la intuyes: «Pues no», te dices. Posiblemente, busques algo más, te surjan interrogantes y desees acceder a una nueva etapa experiencial. Por ello, porque a mí también me ha sucedido, y a muchos peregrinos (solo hay que leer los diarios publicados, y no solo recientes), me permito comentar en voz alta estas reflexiones de un caminante que lleva veinticinco años hollando sendas jacobeas por la piel de toro hispánica, la mayor parte en solitario, que es cuando llegan a la mente las preguntas universales, en la soledad de las sendas camineras. Algunas de ellas las he ido anotando a medida que me iban surgiendo en albergues, hostales, lugares de paso, de mi cosecha propia. O bien de lecturas. Lo mejor es considerarlas anónimas, fruto de las vivencias que el camino ofrece al peregrino y que pasan a formar parte del caudal emocional que la experiencia aporta.

Me atrevo a decir que el Camino (en mayúsculas), cualquier camino, supone una experiencia total que nos une con el pasado, con la historia, con los primeros caminantes que hollaron con sus pisadas la sirga peregrinal desde la Edad Media, una experiencia holística, universal, ecuménica, panhumana.

Una ruta de encuentros entre distintas confesiones, de personas diferentes, con nacionalidades y lenguas diversas, en la que al caminar aún podemos percibir los ecos del pasado.

Al transitar los senderos, la dimensión «tiempo» deja de tener valor, dejamos atrás los ritmos cotidianos, los horarios, y nos guiamos por un tiempo «interno» del camino, en cierto modo «atemporal». A cambio, cobra más valor la dimensión «espacio», la senda que nos lleva, «el camino que caminamos caminando el camino», en el que se experimentan las vivencias, el dolor, el gozo, la amistad, la solidaridad, el conocimiento, la sorpresa y la alegría. Espacio más que tiempo, pero un espacio cualitativo.

Creo que el caminante, el viajero, no debe tener prisa por llegar a la meta, al final de la etapa, a Santiago de Compostela. Descubramos el camino a ritmo lento y con los ojos de la mente y del alma bien abiertos.

Muchas veces las maneras de andar definen al peregrino: a ritmo de sosiego (el que sugiero), el que va deprisa, el casi deportista, el bicigrino. Posiblemente tenga que ver con nuestra fase vital: de jóvenes marcamos buen ritmo, pero con el paso del tiempo vamos aflojando y deleitándonos en el «estar caminando», el tiempo pasa a un segundo plano, dejamos de tener prisa y nos demoramos en un pueblo, en un paisaje, en un monumento, en un bar, en un albergue, buscamos la conversación, la charla, conocer gente, o simplemente ejercer de observadores, de curiosos. Se dice que «Dios nos hizo con dos oídos y una boca, para que oigamos el doble de lo que hablamos».

Podemos también aprovechar este «periodo liminal» que es el tiempo en el camino como momento idóneo para el autoconocimiento, para experimentar búsquedas interiores, sin mediadores, en la auténtica soledad, solos con nosotros mismos, solo con uno mismo. Posiblemente, fuese uno de los sentidos profundos de las peregrinaciones: conocer, autoconocerse, autoconocernos.

Al caminar nos olvidamos de nuestros ritmos habituales vitales, de nuestras seguridades cotidianas; abandonamos los anclajes, nuestros roles rutinarios. Hemos decidido experimentar nuevas situaciones a solas con nosotros solos, en soledad o en buena compañía (mejor no muy numerosa). Hacemos nuestro camino, haces tu camino, personal, intransferible, único, posiblemente inolvidable.

La literatura del camino abunda en cuentos, leyendas, historias. Todas forman parte de su historia, desde los primeros caminantes medievales. Pero la veracidad es lo de menos, han pasado a integrarse en él. La historia cede a la leyenda, al misterio, a las brumas, que se convierten así en la verdadera historia, la que hace posible los ríos de caminantes que peregrinan a Compostela y Finisterre.

A veces el peregrino se pregunta antes de salir: «¿Podré llegar?, ¿seré capaz?, ¿tendré fuerzas suficientes?». Se suma en un mar de dudas, quizás se minusvalore a sí mismo. Al caminar, al esforzarnos, al aguantar sufrimientos y durezas, descubrimos que nuestras capacidades son mayores que las que creíamos, tenemos fuerzas ocultas que nos hacen sobreponernos y triunfar. Es una buena metáfora para aplicar a la vida cotidiana, al camino de la vida.

Atravesaremos puentes. Los puentes unen orillas. Otra excelente metáfora acerca de la unión, de la comunicación, del entendimiento: tender puentes, no levantar muros.

El camino puede ayudar a superar visiones del mundo individualistas, materialistas, a trascender nuestro ego y vernos en perspectiva, desde fuera, desconectarnos de la realidad que nos atenaza con su rutina, especie de tiovivo que solo da vueltas sobre un mismo eje, y así superarnos, elevarnos en los peldaños de la escalera hacia el conocimiento y la serenidad.

Para ello, el bordón o bastón sirve como simbología: el apoyo, la seguridad, como defensa ante adversidades, como compañero de soledad. Y también la mochila, el morral, con sus ricos valores metafóricos: por unos días somos capaces de que porte sobre nuestras espaldas el peso de nuestras únicas necesidades, cuantas menos mejor, un ejercicio de superación de cosas superfluas. En el macuto va nuestra vida, nuestra casa a cuestas, de ahí, para mí, la importancia de portearla. Bordón y mochila (antes el morral) son dos símbolos básicos del caminante.

Al caminar, al experimentar el cansancio, el dolor, la superación, estamos, de manera inconsciente, relativizando los problemas que nos acucian, los minimizamos, crecemos personalmente, conseguimos los objetivos trazados.

Porque, como se ha dicho, lo importante del camino, de la peregrinación, no es tanto la meta como el trayecto, el tramo entre los puntos de salida y llegada, las vivencias de las etapas, lo que aprendemos en ellas, concebidas como «viajes iniciáticos». Por ello, sugiero que mejor no correr, calma, sosiego. Otra metáfora que podemos aplicar a la vida cotidiana.

Al caminar pasaremos por lugares con historia, quizás no volvamos a visitarlos de nuevo. Detengámonos, conversemos, entremos en el museo local, en el bar, charlemos con el paisanaje, demorémonos. Valdrá la pena. Seguro que aprenderemos.

Al amanecer, los días soleados caminaremos junto a nuestra sombra, que nos acompañará en silencio. También compartiremos la soledad con nuestras sombras interiores, aquellas zonas de nuestras vidas que no queremos aceptar, que evitamos, pero que irremediablemente tendremos que incorporar. Ese inconsciente que debemos aceptar como pleno consciente.

Podría entenderse el camino como una metáfora, una alegoría, el camino como escuela de aprendizaje durante una fase de nuestra biografía vital. La clave está en saber aplicar las enseñanzas recibidas a nuestras rutinas personales: amistad, familia, compañerismo, solidaridad, pareja, gozo, dolor, superación, éxitos

El camino es un espacio común, una lección de esfuerzos, práctica de la humildad, de convivencia, intercambio y de descubrimientos. Tras más de doce siglos de existencia, sigue siendo una referencia histórica y espiritual, una ruta cultural plena de patrimonio material e inmaterial, en la que el espíritu jacobeo permanece con valores universales que trascienden los credos.

El camino nos mejora, nos hace descubrir aspectos de la vida que teníamos olvidados, y, sobre todo, nos hace aceptarnos tal como somos, nos sentimos plenos de vitalidad cuando caminamos en este espacio común compartido por los miles de peregrinos que confluyen en las múltiples vías a Compostela.

Por ello doy mucha importancia al diario del caminante, donde quedan registradas las vivencias, experiencias, ocurrencias, reflexiones, ideas. Es la memoria del viajero, que no turista. Quedarán plasmadas en nuestro libro personal, y con el tiempo lo releeremos y reviviremos el camino recorrido, y quizás podamos vernos en perspectiva y analizar nuestra evolución en el tiempo.

gode di simil lettura, come per giouare a chi mai si sentisse mosso ad intraprendere simile pellegrinaggio. Ciò hò fatto con quello stile, che ad vna semplice narratione mi è parso più acconcio. Se in alcuna cosa mi verrà fatto d'aggradirti (ò benigno Lettore) sappi, che hò bramato di piacerti in tutte. E viui felice.

Pro-

Viaggio in Ponente à
S. GIACOMO
DI GALITIA,
E FINISTERRÆ,
DI D. DOMENICO LAFFI
BOLOGNESE;
Aggiuntoui molte curiosità, doppo il suo terzo Viaggio à quelle Parti.
Con la Tauola de' Capitoli, e cose più notabili
SECONDA IMPRESSIONE.
All'Illustriss. e Reuerendiss. Sig. Co:
CARLO EVANGELISTA
GRASSI
Abbate, e Dottore dell'vna, e l'altra Legge, Preuosto della Metropolit. di S. Pietro, e digniss. Consultore della SS. Inquisit. di Bologna.

In Bologna, per Antonio Pisarri 1676.
Con licenza de' Superiori.

Viaje a Poniente, del boloñés Domenico Laffi (1673), que peregrinó a Santiago de Compostela en cuatro ocasiones entre 1666 y 1691.
(Foto Xacopedia)

El camino es como una vida condensada en unos días, unas semanas. Una experiencia única, completa: partir, peregrinar, llegar, renovarse; o nacer, vivir, morir, renacer.

Por ello el camino puede suponer una muerte simbólica, dejar de ser lo que éramos al iniciarlo, y una resurrección, el paso a una nueva vida cuando se finaliza, con nuevos significados, una nueva visión que se alcanza especialmente cuando caminamos a pie, a ritmo de peregrino. Es el tiempo de la recapitulación, de proyectar el futuro.

La literatura nos proporciona muchas citas sobre la importancia del viajar. Selecciono solo algunas:

> «El mundo es un libro, y quienes no viajan leen solo una página», San Agustín, obispo de Hipona (s. IV-V).
>
> «Un buen viajero no tiene planes fijos ni la intención de llegar», Lao Tze (filósofo chino, s. VI).
>
> «Viajar te deja sin palabras y después te convierte en un narrador de historias», Ibn Battuta (viajero musulmán, s. XIV, nacido en Tánger).
>
> «Viajar te hace modesto. Te hace ver el pequeño lugar que ocupas en el mundo», Gustave Flaubert (escritor francés, s. XIX).
>
> «Se tiene que viajar para aprender», Mark Twain (escritor estadounidense, s. XIX-XX).

El camino, cualquier camino, es una fuente de conocimiento inagotable. Bebamos de ella…

2.ª PARTE:
EL CAMINO JACOBEO
«VÍA AUGUSTA»

INTRODUCCIÓN

Peregrinos, peregrinas, bicigrinos, caminantes:

El Camino Jacobeo denominado «Vía Augusta» tiene su kilómetro 0 en la ciudad de Cádiz, en la misma iglesia de Santiago, plaza de la catedral. A través de la bahía se dirige hacia San Fernando, Puerto Real, El Puerto de Santa María y Jerez de la Frontera, en la provincia gaditana. Se interna en la de Sevilla por El Cuervo, Lebrija, Las Cabezas de San Juan, Trajano, Utrera y Alcalá de Guadaíra, para llegar finalmente a la ciudad del río Betis y su catedral, donde finaliza y enlaza con la Vía de la Plata. El recorrido total es aproximadamente de unos 195 km en siete etapas. Esta es una modesta contribución a su difusión e invitación a conocerla, experimentarla, y a disfrutarla.

ETAPAS

El diseño de las etapas es una cuestión muy personal. Cada caminante-peregrino presenta un perfil diferente en función de diversas variables: edad, motivaciones, preparación física, urgencias, intereses culturales y patrimoniales, es decir, de su «ecuación personal».

Por ello, esta sugerencia es meramente orientativa. No cabe duda de que, como se ha dicho, no todo es caminar. Conocer los lugares y su paisanaje es siempre una faceta muy recomendable, quizás el fundamento de la peregrinación. Pensemos que puede ser posible que el caminante no vuelva a hollar estos caminos, al menos con mochila, bordón o bicicleta. Conocer el legado histórico, visitar monumentos o saborear la gastronomía son añadidos a la experiencia única del caminar. En mi opinión, el objetivo no debería ser la meta, sino el camino, la experiencia de vivir cada etapa en su plenitud. Sería bueno que el peregrino desalojase de su macuto las «urgencias».

Así pues, y atendiendo a razones como la distancia, la oferta patrimonial y cultural y la existencia de albergues u hostales para la pernocta (las históricas *mansios*), esta sería una propuesta de etapas:

1ª Cádiz-San Fernando-Puerto Real .... 28 km
2ª Puerto Real-El Puerto de Santa María-Jerez..... 33 km
3ª Jerez de la Frontera-El Cuervo de Sevilla .... 30 km
4ª El Cuervo-Lebrija-Las Cabezas de San Juan..... 30 km
5ª Las Cabezas de San Juan-Trajano-Utrera......... 34 km
6ª Utrera-Alcalá de Guadaíra................................ 20 km
7ª Alcalá de Guadaíra-Sevilla .... 19 km

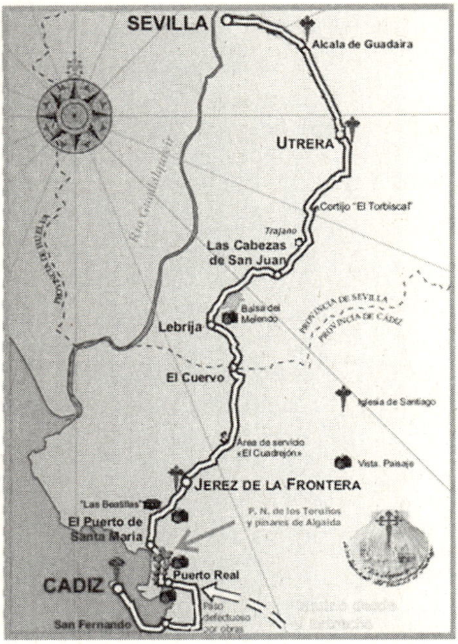

Etapas del camino jacobeo Vía Augusta.

Se ha trazado en siete jornadas de andar intentando no superar los treinta kilómetros por etapa y, sobre todo, pasar por las poblaciones y permitir que el peregrino/viajero las camine, conozca y se detenga en ellas, que admire su rico patrimonio, sin prisas, con sosiego y curiosidad. No obstante, queda a elección del caminante decidir dónde finalizarlas en función de sus intereses, posibilidades físicas, época del año, climatología, etc. Así, hay puntos intermedios como son San Fernando, El Puerto de Santa María, Lebrija o Trajano.

Un camino que ofrece diversidad, parques naturales, paisajes de contrastes y un rico patrimonio monumental. Y otro aliciente: es prácticamente llano y completamente ciclable, por lo que la descripción de las jornadas es válida tanto para caminantes como para bicigrinos.

Las poblaciones de la bahía de Cádiz son populosas, pues forman casi una conurbación, un área metropolitana hasta Jerez. En la provincia de Sevilla aparecen las planicies del valle del Guadalquivir, y el tamaño y la demografía de los lugares de pernocta son menores, fines de etapa más asequibles al caminante, excepto lógicamente la gran Sevilla, final de la Vía Augusta.

En cuanto a las épocas del año recomendadas para transitar estos caminos meridionales, la Vía Augusta y su extensión desde Algeciras, la Vía del Estrecho, dada la climatología del sur peninsular, lo mejor es evitar los meses de verano. No obstante, si el peregrino madruga y camina a las claras del día, es factible estar a cubierto del sol hacia el mediodía. O bien acortar las etapas, que es otra opción muy sugerente y que permitiría al viajero conocer las poblaciones intermedias de paso citadas. Todo ello se informa en la descripción de cada etapa. Como el peregrino las ha recorrido siempre entre otoño y primavera, la división en siete responde a su experiencia personal.

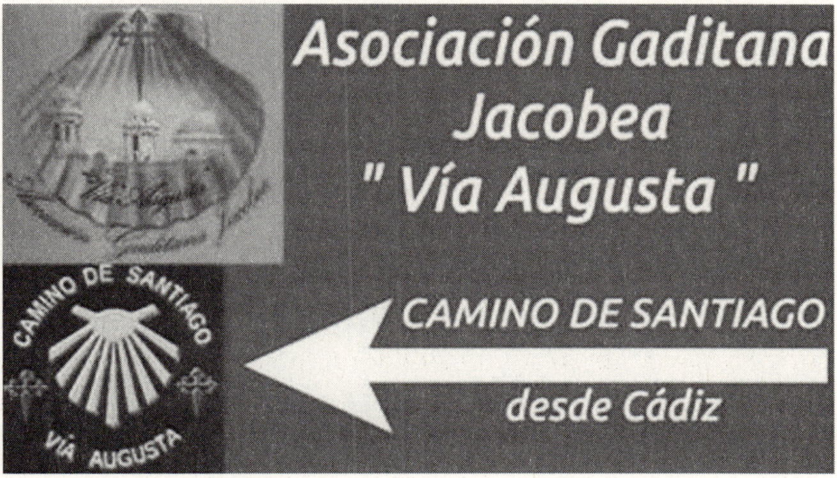

Logo de la asociación gaditana con su símbolo y un mosaico de señalización.

A continuación, se detalla el recorrido de las siete etapas en las que se ha dividido este camino jacobeo sureño. La información de cada una de ellas ofrece datos como distancia, tiempo estimado (muy subjetivo), altitudes del punto de inicio y de destino. Como se ha dicho, este camino se caracteriza por ser prácticamente llano. Asimismo, y fruto de la experiencia caminera, se da una breve descripción de aspectos que tener en cuenta: poblaciones de paso, tramos y alternativas posibles, señalización...

Esta narración es fruto de la experiencia personal del autor. Todas las etapas las ha caminado varias veces: con miembros de la asociación Vía Augusta, en muchos casos señalizando con la brocha y lata de pintura amarilla; y más recientemente, en octubre de 2022, como bicigrino, el tramo entre Jerez y Sevilla con dos amigos gaditanos también socios.

Bicigrinos comenzando la Vía Augusta en Cádiz para continuar por la Vía de la Plata hacia Compostela.

Tras la descripción del itinerario, se añaden al final aspectos complementarios relativos a historia, cultura, patrimonio y etnología de los espacios y poblaciones recorridos, así como notas del diario de caminante con las experiencias vividas. El peregrino cree que es bueno conocer por dónde transita y ser consciente de la historia de los lugares, no todo es caminar, comer y dormir Esa ha sido su filosofía jacobea, su forma de entender la peregrinación, a modo de experiencia total, holística.

Al comienzo de la descripción de cada etapa se insertan líneas de relatos de peregrinos publicados en la obra *100 caminos, 100 relatos. Historias breves a Santiago,* publicados por la editorial Círculo Camino de Santiago, de Santiago de Chile, con autorización del Círculo Chileno de Amigos del Camino de Santiago de Compostela, 2021.

ETAPA I: CÁDIZ – SAN FERNANDO – PUERTO REAL

«Esa Galicia… suena a viento de gaita, a risa de brujas, al canto de los gallos al alba, a peregrinos en Plaza Obradoiro».

Relato «Tú que has estado allí, cuéntame , ¿cómo es la Galicia Xacobea?», de Ismael González Lampurdanés. España, 42 años.

Distancia: 28 km.
Tiempo estimado: 6/7 h.
Altitud Cádiz: 11 m.
Altitud Puerto Real: 8 m.

DESCRIPCIÓN

Etapa completamente llana que discurre junto a la bahía de Cádiz. Se puede subdividir en dos tramos con punto intermedio en San Fernando, donde hay posibilidad de descansar, conocer su patrimonio, aprovisionarse y pernoctar. La señalización desde la salida es con flechas, azulejos e hitos.

LA ETAPA

1.er tramo: Cádiz-San Fernando: 15 km

Cádiz, iglesia de Santiago, en la plaza de la Catedral, kilómetro 0 de la Vía Augusta.

A las claras del día, mochila al hombro y bordón en mano, o con su bicicleta bien provista con alforjas, cargado de ilusiones y expectativas, el peregrino/bicigrino se dispone a recorrer el camino jacobeo «Vía Augusta», entre Cádiz y Sevilla, que le llevará por la bahía, la campiña jerezana y las extensas planicies sevillanas del valle del Guadalquivir hasta la ciudad de la Torre del Oro.

Km 0: En la misma plaza de la seo gaditana, en la fachada de la iglesia de Santiago, el peregrino verá un azulejo con el nombre de la vía que marca el inicio de la senda caminera. Si ha pernoctado el día anterior en la ciudad, habrá podido sellar su credencial en dicho templo y también asistir a la misa vespertina.

Contemplará la blanquigrisácea fachada de la Catedral Nueva, con sus dos esbeltas y airosas torres; mirará la hora en su reloj (para un peregrino deberían ser «las del alba»);

dejará a un lado el arco de la Rosa con su medieval matacán; y se internará por el callejón de los Piratas (nombre digno de una novela de aventuras). Se asomará a la plazuela de la Catedral Vieja, adoquinada con piedras de basalto que venían como lastre en los galeones de Indias (al igual que en otras calles gaditanas y poblaciones de la bahía como El Puerto de Santa María y Sanlúcar de Barrameda); y se internará por el corazón del barrio del Pópulo, por su calle Mesón, bajo la cual posiblemente esté enterrada y duerma eternamente una parte de la scaena del teatro romano. Las flechas y azulejos jacobeos le guiarán hacia el arco de los Blanco, que marca el final del recinto medieval alfonsí —El Pópulo— y accederá al barrio por antonomasia de Cádiz, el de Santa María.

Kilómetro 0 Vía Augusta, fachada iglesia de Santiago, Cádiz.

La calle de este mismo nombre asciende suavemente. En primer lugar, nos encontramos a la derecha con la casa-palacio de los Lasquetty, del siglo XVII, benefactores de una fundación de enfermerías en el cercano hospital de la Misericordia o de San Juan de Dios, contiguo al ayuntamiento. Merece la pena traspasar su amplio zaguán y acercarse a ver su soberbio patio de columnas de mármol y sus brocales de aljibe, también marmóreos. Un bello ejemplo de arquitectura gaditana: las casas de cargadores a Indias.

Casa-palacio de cargadores a Indias de la familia de la Rosa,
conocida como Casa Lasquetty, siglos XVII-XVIII.

La calle Santa María lleva a la iglesia-convento que da nombre al arrabal, fundada hacia 1527. Las gentes de este barrio todavía aluden al templo como «el convento», pues en él reside una comunidad de franciscanas concepcionistas. Si el peregrino tiene ocasión de visitarlo podrá disfrutar contemplando un magnífico zócalo de azulejos holandeses de Delft con escenas del Antiguo y Nuevo Testamento, e inscripciones en español y armenio, incluso imágenes de peregrinos jacobeos como se dirá más adelante. Asimismo, un aguamanil y la cruz del Nazareno, donaciones de la familia armenia de los hermanos Jácome, David y Pablo de Zúcar. En el año 2011 la Asociación de Armenios de España celebró en este templo la eucaristía de acuerdo con su rito ortodoxo. En este templo reside la cofradía del Nazareno de Santa María, el Regidor Perpetuo de la ciudad, conocido popularmente como el «greñúo», que procesiona el Jueves Santo.

De la conventual el camino se dirige al Campo del Sur, calle Concepción Arenal, y al edificio neoclásico de lo que fue Cárcel Real hasta 1966, hoy Casa de Iberoamérica y espacio cultural. A pocos metros se encontrará una rotonda con fuente y estatua dedicada al comerciante, mecenas y político gaditano Lucio Cornelio Balbo el Menor (siglo I a.C.), el constructor del teatro. Al fondo a la izquierda pueden verse las fortificaciones de las Puertas de Tierra con su esbelto y bien proporcionado torreón, sobre el que ondea el pendón de la ciudad, de color púrpura, que recuerda al pigmento que se obtenía de los murex o «cañaíllas» y era tan apreciado por los comerciantes romanos y fenicios para teñir sus togas.

Cádiz, la catedral desde la playa de Santa María del Mar.

Por la avenida Fernández Ladreda la senda va paralela a la mar océana, pasando junto al baluarte de San Roque, que formaba parte de las fortificaciones defensivas de la ciudad por el flanco atlántico y tierra firme. Por este mismo horizonte llegarían las primeras naves fenicias de Tiro y Sidón, y también por donde se vio zarpar la flota franco-española al mando del nefasto Villeneuve en octubre de 1805 hacia el desastre de Trafalgar. Los gaditanos, asomados a sus murallas y balcones, verían una gloriosa estampa: airosos navíos, auténticas fortalezas flotantes de madera, como el Santísima Trinidad, buque insignia de la flota española, con sus cuatro puentes y 140 piezas de artillería, o el San Juan Nepomuceno. Pero volvamos al camino…

Ventorrillo de El Chato y dunas en el camino a San Fernando por la costa atlántica, el arrecife.

Km 4,5: Finaliza el paseo marítimo. En la residencia militar La Cortadura se continúa por la acera de la carretera a San Fernando, la última calle de la ciudad, la Vía Augusta Julia, por un tramo asfaltado junto a las dunas hasta el histórico ventorrillo El Chato (km 6,5), un sitio con historia. Data de 1780 y se dice que allí estuvo retenido Fernando VII en 1823. Galdós alude a él en su episodio nacional Cádiz. Dependiendo de la hora puede hacerse «estación de penitencia» y refrescarse con un vino de la tierra. En su fachada el peregrino verá un azulejo con flecha indicando el camino hacia el contiguo sendero Eurovelo.

Pasado este ventorro se continúa por el recién inaugurado sendero Eurovelo Arco Atlántico, entre la carretera y las dunas (si la marea lo permite se puede caminar por la «orillita» del mar hasta el complejo militar de Torregorda (distante 2,4 km desde la venta). Hasta aquí el caminante ha estado transitando por lo que fue la Vía Augusta (aunque la auténtica posiblemente esté sumergida bajo las aguas y puede rastrearse en grandes bajamares), que entraba en Gades por el arrecife procedente del templo de Hércules-Melkart (actual islote de Sancti Petri). Esta ruta ofrece un maravilloso paisaje de playas, roqueo, dunas y gaviotas. Y opción de baño con bonanza climatológica o al menos remojarse los pies en las aguas atlánticas.

Peregrinos holandeses por las dunas de El Chato (Cádiz).

Km 9: Alcanzadas las instalaciones militares (un edificio blanco con torre circular) el camino continúa a la derecha de la autovía a San Fernando por el sendero Tres Amigos-Río Arillo.

Km 11: El siguiente hito geográfico es el caño denominado río Arillo («riarillo» en el habla local), un brazo de mar que antiguamente se comunicaba con el océano (a la altura de la actual playa de Urrutia, en Camposoto), que marca el confín del término municipal gaditano. En pleamar este caño llena el estero de la salina «Tres Amigos», ya en el término de San Fernando o Isla de León. Antes de cruzar el caño hay un merendero con sombra donde se puede reposar.

Cuando este caño conectaba la bahía con el océano Atlántico hacía que Cádiz fuese realmente una isla (así la consideraba Estrabón), como sucedía con San Fernando, aislada esta por los caños mareales río Arillo y actualmente el de Sancti Petri. Hoy Cádiz puede considerarse en términos geográficos como un tómbolo, ya que la ciudad está unida a tierra firme por el istmo o arrecife que la une a San Fernando.

Hito a la salida de Cádiz por la bahía hacia San Fernando.

El molino de mareas, en estado ruinoso y eternamente pendiente de restauración, se construyó hacia 1798 y su maquinaria movía hasta doce piedras de moler gracias a la fuerza de la corriente marina: dos pleamares y dos bajamares cada día. Por su porte señorial, en su época se dice que en su salón del obispo se recepcionaba a los nuevos prelados que venían a ocupar la cátedra del obispado gaditano. Por ejemplo, en 1854 se recibió en este molino de mareas al obispo Arbolí; en 1884 al obispo Calvo y Valero; y en 1899 a monseñor José María Rancés (todos tienen calle en Cádiz). Hoy, lamentablemente, su estado no hace honor a tan glorioso pasado.

Este caño se cruza por un pequeño puente. Es un buen lugar para detenerse a contemplar las subidas y bajadas de las mareas. Cada día cuatro movimientos del mar que llenan y vacían el estero, permitiendo la entrada de pescados propios de la bahía. Un «pescaor» comentaba al peregrino los que solían «entrar»: sargos, bailas, róbalos (localmente 'robalos') o lubinas, zapatillas (doradas pequeñas), doradas, anguilas, incluso alguna que otra corvina. Utilizaba como carnada (en jerga local «carná») chocos, camarones, muergos (navajas), gusanas, acompañada del «anguao».

El término municipal de San Fernando tiene límites casi exclusivamente acuáticos: mar abierto atlántico, interior de la bahía y los caños mareales de Sancti-Petri, La Carraca y río Arillo. Por eso y con razón se la llama popularmente "La Isla".

A medida que el peregrino se adentra en la Real Isla de León se irá familiarizando con un crustáceo que toma el nombre del topónimo: el cangrejo violinista, conocido popularmente como «bocas de la Isla» (*Uca tangeri*), también llamado «cangrejo barrilete», cuyos agujeros donde se esconden son visibles. Hay cientos que pueden verse en los fangos de los esteros donde conviven con el pescado que entra por los caños de alimentación: lenguados, lisas, albures, bailas, etc. Una maravilla contemplar este extenso y llano paisaje natural bajo una bóveda de luz, incluso en días nublados. En este ecosistema de marismas no están ausentes la vegetación ni la avifauna. Es común ver bandadas de flamencos, garzas, cigüeñuelas, espátulas o chorlitejos mariscando en los caños y esteros.

Km 12,7 El carril finaliza en una enorme rotonda con el «Monumento al Comercio entre continente o de la

Comunicación», conocido popularmente como «fuente o rotonda Oxidá o La Mohosa». Se cruzan dos pasos de peatones: hacia la venta Los Tarantos y seguidamente las vías del tranvía para pasar a la acera izquierda de la calle Real, que se toma desde su inicio. Ya no se abandonará hasta la salida de la ciudad.

La calle Real es la arteria principal de San Fernando. En ella se concentran los edificios más notables: iglesia del Carmen, alameda Moreno de Guerra, plaza del Rey con el ayuntamiento (de elegante fachada neoclásica) y la plaza de la Iglesia.

Km 15: Ante la Iglesia Mayor de San Pedro y San Pablo finaliza el primer tramo de la etapa. La oficina parroquial abre por las tardes, pero dependiendo de si hay misa matutina se puede intentar sellar la credencial.

San Fernando (Cádiz), Iglesia Mayor Parroquial San Pedro y San Pablo.

2.º Tramo: San Fernando-Puerto Real: 13 km

Al abandonar la ciudad por la calle Real, el caminante pasará junto a la oficina de turismo (con azulejo jacobeo en su fachada), donde también puede sellar la credencial. El peregrino verá un azulejo jacobeo en la fachada. Pasado el edificio de Capitanía General, se encontrará con el monumento y el museo al cantaor flamenco Camarón de la Isla, y con la legendaria Venta de Vargas (famosa por sus «tortillitas de camarones»), por lo que en función de la hora bien se puede hacer un alto en el camino. A la espalda de la estatua verá un hito jacobeo que le confirma que está transitando por la Vía Augusta. Como anécdota, un poco más adelante a la derecha está la calle Santiago de Compostela, en la zona urbana nueva.

Miembros de la Asociación Gaditana Jacobea «Vía Augusta» ante el hito en San Fernando (Cádiz).

La senda se dirige por la izquierda, plaza Juan Vargas, avenida del Cid, puente Nuestro Padre Jesús del Gran Poder —que salva la autovía— y se desciende a la carretera de La Carraca. A la derecha puede verse una magnífica salina en explotación, San Vicente, al borde del mismísimo caño de Sancti-Petri, una arteria de agua salada que define y moldea la ciudad, y le ha dado vida y sentido: el mismo Arsenal de la Carraca se asienta sobre sus orillas.

Tras pasar un túnel bajo la vía férrea se toma a la derecha y se enlaza con el carril de la Vía Verde Puerto Real-San Fernando, que conduce al puente de Hierro (km 17,5) y se salva el caño madre de Sancti-Petri, ahora un brazo imponente de agua con sus dos pleamares y bajamares diarias, donde es común ver a pescadores con sus cañas y a mariscadores en sus orillas. Suele ser buen momento para la conversación con el paisanaje local. En su confluencia con las aguas de la bahía este caño se denomina de la Carraca, donde se ubica el citado arsenal.

Al pasar el Puente de Hierro finaliza el término municipal sanfernandino, que comenzó en el río Arillo, y por ello como hemos dicho se la conoce como La Isla, pues está delimitada por dos caños mareales que la separan de Cádiz y de Puerto Real, en este segundo caso de tierra firme.

Pasado el caño de Sancti Petri el caminante entra en el término municipal puertorrealeño. La senda hasta dicha población es cómoda, llana, entre la vía férrea y las marismas del parque natural. De nuevo estamos ante un paisaje propio de caños y salinas con su vegetación y avifauna. Es un tramo relajante, alejado de la autovía, luminoso y agradable de caminar. Se atraviesan otros dos puentes para salvar sendos caños: el denominado caño Chico de Puerto Real y el Talanquera, muy frecuentados también por «pescaores».

Al fondo a la izquierda vemos las instalaciones del Arsenal de La Carraca y de los astilleros de Navantia. A la derecha, al otro lado de la vía férrea y la autovía, quedan la barriada del Meadero de la Reina y a continuación el Barrio Jarana, pertenecientes ambos a la villa de Puerto Real, a la que nos vamos acercando, asentada en la orilla norte del saco interior de la bahía. En el Barrio Jarana enlazan la Vía Augusta y la Vía del Estrecho, que tiene su kilómetro cero en la ciudad de Algeciras (Cádiz). En concreto su última etapa que arranca en Medina Sidonia (Cádiz).

Se abandona este andadero a la misma entrada de la población, a la altura del Puente Melchor, donde han aparecido importantes yacimientos de época romana (alfares, villas, mosaicos) sobre la mismísima Vía Augusta. Por esta zona estuvo la primera mansio, *Ad Portum*, citada en los vasos de Vicarello. Las flechas amarillas llevan al peregrino —por una corta rampa a la izquierda— a una rotonda, donde acaba la Vía Verde Puerto Real-San Fernando. Desde el puente de

Hierro en San Fernando hasta este lugar el peregrino habrá recorrido seis kilómetros.

Puerto Real (Cádiz), paseo del muelle.

Aquí comienza el casco urbano de la villa. Entre la orilla de la bahía y urbanizaciones de viviendas unifamiliares discurre la senda. Se suceden las siguientes vías: avenida José María Fernández Gómez, calle Algeciras y rotonda del Cartabón. Unos metros antes de este nudo una señal nos dirige, cruzando la carretera, a la playa de la Cachucha, una pequeña calita acondicionada para el baño con arenas rubias, lugar de esparcimiento para los puertorrealeños.

A pocos metros se abandona por la derecha, subiendo unas escaleras, para tomar la calle Leñadores y acceder a la arteria principal de Puerto Real, la calle de La Plaza, una calle comercial, que lleva a «la plaza», al mercado, y que desemboca en la plaza de Jesús, donde finaliza esta primera etapa. Aquí, en las rosadas Casas Consistoriales (con azulejo jacobeo en la fachada) se puede sellar la credencial. Por las tardes, en la Iglesia Mayor Prioral de San Sebastián también. Desde la rotonda del punto limpio hasta aquí el caminante habrá recorrido 2,9 km, y el recorrido total que habrá caminado desde su salida en la iglesia de Santiago de Cádiz ha sido de veintiocho kilómetros.

En Puerto Real, el peregrino puede recorrer su entramado urbano, visitar su patrimonio religioso (iglesias de San José, La Victoria y San Sebastián) o acercarse a la Puntilla del muelle. En cuanto a gastronomía, podrá saborear buenos pescados frescos de la bahía o de los esteros, a la plancha o fritos, y también sus famosas almejas a la marinera y tortillas de camarones. Lo que da la tierra, en este caso marinera: esteros, caños y salinas.

ASPECTOS HISTÓRICOS Y ETNOLÓGICOS

A medida que el caminante ha ido avanzando sobre sus pies por las calles de la ciudad, se han ido citando detalles históricos, anécdotas y apuntes que estaban relacionados con los lugares de paso, quedando así contextualizados.

No obstante, abundaremos de forma somera y breve, en pinceladas, en la oferta que ofrecen tanto la urbe gaditana como las dos siguientes poblaciones, San Fernando y Puerto Real, que forman parte del recorrido de esta primera etapa.

La ciudad de Cádiz

El peregrino o caminante que inicie su camino por la Vía Augusta hacia Sevilla posiblemente haya pernoctado en la ciudad. Si es así, es muy recomendable que se sumerja en la historia de esta trimilenaria ciudad, fundada por fenicios tirios hacia el año 1104 antes de nuestra era.

Cádiz tiene un exiguo término municipal de solo trece kilómetros cuadrados, algunos ganados al mar. Carteles de fiestas veraniegas de los años cincuenta del pasado siglo la denominaban como «La mejor playa del sur», y un folleto de finales de los ochenta la incluía en la denominación geoturística «Costa de la Luz». Lo cierto es que su temperatura media anual no supera los 20 °C y sus horas de luz anuales están en torno a las tres mil doscientas aproximadamente. La luz solar reverbera tanto en la lámina atlántica como en la de la bahía y multiplica la luminosidad, quizás una de las razones —entre otras— por las que ha sido conocida como «Tacita de Plata».

El dios fenicio Melkart tuvo su templo en Gádir en la isla de Sancti Petri, el Hércules tirio, divinidad del cielo y dios del mar. Según Estrabón, este templo distaba unas doce millas de la ciudad en el sitio donde «la isla se acerca más a tierra firme» (importante cómo se refiere a aquel Cádiz como «la isla»). En él la historia nos recuerda que el cartaginés Amílcar Barca hizo jurar a su hijo Aníbal odio mortal a Roma.

Tenemos que imaginar la bahía de Cádiz de hace tres mil años como un archipiélago formado por la isla de Erytheia (posible significado «color rojo», relacionado con el *murex* o gasterópodo conocido como «cañaílla» —*Bolinus brandaris*— del que se obtenía el color púrpura), situada al norte del canal Caleta-Bahía, donde estaba asentada la primitiva Gádir; otra era Kotinoussa (cuyo significado parece ser que es «isla de los acebuches» u olivos silvestres), una isla alargada que es actualmente el istmo que une la ciudad a tierra firme; y la isla de Antípolis o Cimbis (en griego), la actual Isla de León o San Fernando. Estas eran las denominadas Gadeiras.

Las dos primeras, Erytheia y Kotinoussa, recibían el nombre de *Dípolis* por referencia a la existencia de dos núcleos urbanos cercanos y coetáneos. Kotinoussa, por ser la zona nueva de expansión, recibió el nombre de *Neápolis* o «ciudad nueva», y también el de *Didyme,* o «ciudad doble», ya en tiempos de Balbo el Menor (s. I a. n. e.). En ellas se situaban tres templos míticos: el de la diosa Astarté en Erytheia (cerca del actual castillo de Santa Catalina); el de Baal Hamón en Kotinoussa (actual castillo de San Sebastián); y el de Hércules- Melkart en el actual islote de Sancti Petri (término de San Fernando). Las fuentes históricas para conocer aquel Gádir o Gadir fenicio, púnico, luego el Gades romano, nos las suministran Hesíodo, Estrabón, Plinio el Viejo o Rufo Festo Avieno en su *Ora Marítima.* La original Gádir sería el equivalente a una ciudad-estado al estilo de las fenicias o griegas de la época y se extendería al otro lado de la actual bahía.

Entre el periodo fenicio y el romano hay un interludio púnico, cartaginés, desde el 500 a. C. hasta la conquista romana en el 206 a. C., en el que la ciudad y su bahía son un puerto pujante a mitad de camino entre el mundo atlántico y el mediterráneo.

Restos de la época romana quedan en Cádiz en el teatro (s. I a. C.), descubierto en 1980, cuya visita es muy recomendable. Aunque buena parte de su graderío se encuentra bajo la Catedral Vieja, son visitables la *orchestra,* la cávea, los vomitorios, las galerías y parte de la *scaena.* Igualmente, el yacimiento arqueológico de la Casa del Obispo, entre las catedrales vieja y nueva, con interesantes restos fenicios, púnicos y romanos[8]. O el yacimiento arqueológico «Gadir», que posiblemente muestre los restos del Cádiz más antiguo, el de la primitiva ciudad erigida en la colina de la isla de Erytheia, cuya raíz etimológica fenicia (*Gdr*) podría significar «recinto amurallado, fortificado». La presencia romana en Cádiz nos ha dejado nombres de ilustres gaditanos o hispanorromanos en su callejero: Columela, Fabio Rufino, Rutilio, Plocia, Pomponio Mela (natural de la actual Tarifa) o el personaje troyano Troilo, todos intramuros de la ciudad; o los Balbos, en el barrio de San José, extramuros.

El suministro de agua a la ciudad llegaba desde los manantiales de Tempul (actual término de San José del Valle, Cádiz) a través del acueducto de Gades. Medía setenta y cinco kilómetros y se ha sugerido que data de hacia el siglo I d. C., época del emperador Claudio. El manantial brota a ciento veintidós metros sobre el nivel del mar, y desciende hasta los dieciséis metros a la entrada de Cádiz, donde se almacenaba el agua en los aljibes situados tras las actuales Puertas de Tierra. Desde 1869 este manantial sigue suministrando un agua de inmejorable calidad a la ciudad de Jerez.

---

8 Actualmente y por desgracia cerrado al público.

Teatro romano de Cádiz.

Cádiz exportaba aceite, vino, trigo, *garum* o escabeche, una salsa fabricada a base de vísceras de túnidos (atunes) y escombros (caballas), mercancías que iban en ánforas de los alfares de la bahía (San Fernando, Puerto Real, El Puerto de Santa María) hacia el puerto de Roma, Ostia, a modo de línea regular comercial.

De la época visigoda es de destacar la labor del obispo Pimenio, impulsor de basílicas y ermitas paleocristianas en la provincia, cuando ostentaba la cátedra de Asidonia (actual Medina Sidonia), como la de los Santos Mártires de esta ciudad, San Ambrosio (Barbate) o la de los Santos Nuevos (Alcalá de los Gazules).

El Cádiz medieval es imaginable recorriendo las calles del barrio del Pópulo. Se accede a él por tres puertas: el arco del Pópulo o antigua Puerta del Mar; el arco de los Blanco o antigua Puerta de Tierra, también llamada de Santa María por comunicar con el arrabal de igual nombre donde se estableció un monasterio de monjas concepcionistas; y el arco de la Rosa, en su origen puerta del Arenal o de Santiago, donde ya había ermita extramuros del barrio dedicada al apóstol que dio nombre al colegio de Santiago.

La ciudad fue ganada al islam por el monarca castellano Alfonso X el Sabio en 1262, repoblándola con hidalgos de las cuatro villas de la «montaña»: San Vicente de la Barquera, Santander, Laredo y Castro Urdiales. De esa época data el castillo, edificado sobre la anterior alcazaba árabe, del que hoy se conservan las tres puertas antes citadas, y del que existía un torreón en el extremo de la actual calle de San Juan de Dios esquina con el Campo del Sur o Paseo del Vendaval. Dentro nos quedan aún nombres de calles con sabor histórico: Mesón, Posadilla, Bajada de Escribanos o Pozo. El rey sabio erigió la iglesia de la Santa Cruz o Catedral Vieja en 1263 con el propósito de ser enterrado en ella, deseo no cumplido pues yace en la Capilla Real de la Catedral de Sevilla. Recorrer este barrio y el interior de este templo (que data del siglo XIII, pero reedificado en el XVII) evoca al Cádiz primigenio alfonsí. Hay que destacar la capilla de los genoveses, de 1671, elaborada por el taller de los artistas del mármol procedentes de dicha ciudad italiana, conocido como «de los Andreoli».

Como único vestigio de los siglos XVI-XVII queda en este barrio del Pópulo el patio mudéjar conservado dentro de la Casa de la Contaduría, asentado sobre el teatro romano, una verdadera joya, mínimo pero elegante y esbelto. Más abajo de la Catedral Vieja está la Casa de Marquina o de Estopiñán, barroca del siglo XVII reconvertida en casa de vecinos. Y si el viajero continúa descendiendo por las gradas de losa de Tarifa hacia la plaza de San Martín, se topará con la fachada de la casa del Almirante, otro palacio barroco del siglo XVII rematado por dos torres miradores. Está en fase de restauración y conserva bajo el balcón principal un curioso detalle arquitectónico que sugiere un candelabro de siete brazos o *menorah,* que pudiera ser un símbolo de la filiación hebrea de sus moradores.

El asalto angloholandés y saqueo de Cádiz por las tropas del Conde de Essex en 1596 supuso la pérdida de iglesias, hospitales y 290 casas de un total de 1.303. Ello puede ser la explicación de la ausencia de patrimonio de estilo medieval, renacentista o mudéjar en la ciudad de Cádiz. Hay que ir a El Puerto, Jerez, Sanlúcar, Arcos de la Frontera o Bornos (poblaciones de la provincia de Cádiz) para contemplar este tipo de construcciones.

Los siglos XVII y XVIII aportaron a la ciudad su patrimonio militar: las fortificaciones que la defendieron de sucesivos intentos de abordarla desde el mar, pues Cádiz era considerada entonces «Emporio del Orbe», como dijo Fray Gerónimo de la Concepción en su obra fundamental de 1690. De aquí partían y zarpaban las flotas de ultramar, a las Indias y Filipinas, de las que queda el recuerdo del «galeón de Manila» o «nao de China», que enlazaba las Filipinas con los puertos de Nueva España en América y con el de Cádiz desde los siglos XVI al XVIII.

Imprescindible también es la visita a la Catedral Nueva o de la Santa Cruz sobre las Aguas o sobre el Mar, erigida entre 1722 y 1838 cuando se traslada a la ciudad la Casa de Contratación de Indias, por lo que ofrece una mezcla de estilos arquitectónicos: barroco, rococó y neoclásico, siendo clara su filiación granadina, en concreto de la seo de Guadix (Granada). Es quizás una de las últimas grandes catedrales construidas en España y su estilo sirvió de modelo para otros templos en Hispanoamérica. Resulta impresionante descender a su cripta, todo un alarde de equilibrio, geometría y cálculo de proporciones. En ella están enterrados el músico Manuel de Falla y el escritor José María Pemán. Esta visita se completa con el museo catedralicio —ubicado en la Casa de la Contaduría—, donde se pueden admirar auténticos tesoros de orfebrería, custodias, crucifijos en marfil, libros cantorales, etc.

Finalmente, si el viajero quiere tener una panorámica única de la ciudad, debe subir a la torre del reloj de la catedral y contemplar —cual vigía— el *skyline* urbano de intramuros, en el que destacan las torres miradores, de las que se conservan más de ciento treinta, otra excepcionalidad que la ciudad de Cádiz ha conservado de su pasado marinero y mercantil, cuando arribaban las flotas de las Indias con cargamentos de plata, chafalonía[9], tabaco, azúcar de caña, especias, grana, cacao, vainilla, añil, maderas exóticas como la caoba, marfiles, esclavos y, por supuesto, plata. Al salir del templo tiene cerca la iglesia de Santiago, cuya visita es obligada para el peregrino jacobeo. Además, si la encuentra abierta (por las mañanas hasta las 11:00 y, por las tardes, de 19:00 a 21:00 suele estarlo para el culto), Bienvenido, su amable sacristán, le puede sellar la credencial.

Catedral de Cádiz.

Para completar el conocimiento de la ciudad, el viajero puede visitar el museo de Cádiz, especialmente su sala dedicada a arqueología y contemplar los dos sarcófagos antropoides fenicios del siglo v a. n. e., así como estatuas romanas, como la de Trajano, procedente de Baelo Claudia (Bolonia,

9 Conjunto de objetos inservibles de plata y oro para fundir.

Tarifa, Cádiz), datada entre los siglos I-II d. C. Sin perderse la sala de pintura barroca, con cuadros de Zurbarán, Alonso Cano, Rubens, Carreño de Miranda o Murillo.

El museo de Las Cortes de Cádiz ofrece otra joya excepcional y única: la maqueta de la ciudad. Una obra realizada en maderas nobles que ofrece una visión de cómo era la urbe gaditana hacia 1749, encargada por el rey Carlos III para conocer las plazas fuertes del reino. La única que se llevó a cabo fue la que se puede contemplar en este museo, por lo que resulta plenamente justificada su visita. Una ciudad fortificada y abaluartada, inexpugnable, como resultó ser tras los sucesivos asaltos por mar de flotas inglesas y francesas, especialmente durante la guerra de la Independencia (1808-1813).

Maqueta de Cádiz (1779), Museo de Las Cortes, calle Santa Inés.

Justo al lado se encuentra el Oratorio de San Felipe Neri, de estilo barroco (s. XVII-XVIII), en cuyo interior los diputados doceañistas redactaron la Constitución de Cádiz de

1812, conocida como «La Pepa» por haberse promulgado un 19 de marzo. Pueden verse lápidas conmemorativas de dicha efeméride en las fachadas exteriores con nombres de destacados diputados peninsulares e hispanoamericanos.

Los estilos neoclásico e isabelino pueden verse en dos edificios institucionales de la ciudad: el ayuntamiento y la diputación, antigua aduana. Ambos encierran excelentes salones de la época de Isabel II, siendo una verdadera joya el Salón Regio de la Diputación Provincial, que albergó a la monarca en 1862 y cuyo techo está decorado con los escudos de los partidos judiciales de la provincia.

Otras recomendaciones serían las visitas al convento de Nuestra Señora del Rosario y Santo Domingo, sede de la patrona de Cádiz, que alberga un magnífico retablo barroco en mármoles; al oratorio de la Santa Cueva; o la subida a la torre de Tavira, la única torre-mirador visitable de la ciudad.

Para finalizar estas sugerencias sobre el patrimonio, sin ser exhaustivos, y para llevarse una imagen más marinera de la ciudad, el viajero haría bien en darse una vuelta perimetral por la ciudad. La propuesta sería la siguiente: plaza de España y monumento a las Cortes de Cádiz de 1812, una lectura en piedra de los símbolos constitucionales de «La Pepa»; subir a las murallas de San Carlos y ver las fortificaciones defensivas que hicieron la ciudad inexpugnable; asomarse a la balaustrada de la Alameda Apodaca, contemplar la bahía e imaginársela fondeada con escuadras navales formadas por galeones y navíos de línea con sus arboladuras, velamen y jarcias. Este recorrido continúa por los jardines de esta alameda, el baluarte de La Candelaria, la iglesia de El Carmen, continúa por el Parque Genovés, el castillo de Santa Catalina, la playa de La Caleta, el castillo de San Sebastián y el baluarte de Los Mártires. A partir de aquí, se recorre el frente del Vendaval o Campo del Sur y se regresa a la Catedral Nueva de Cádiz y su barrio de El Pópulo. Son apenas unos cinco kilómetros.

Cádiz, monumento a las Cortes de Cádiz y Constitución de 1812.

Dentro de este paseo exterior ha quedado el casco histórico de la ciudad, dieciochesco y neoclásico, único en su concepción arquitectónica, donde es importante abrir bien los ojos, especialmente mirar hacia arriba: portales de madera de caoba, patios con columnas y mármoles, balconadas, torres miradores, remates en azoteas. Como ejemplo están la Casa Mora, en la calle Ancha; el patio neomudéjar del Casino Gaditano, en la plaza de San Antonio; o la casa de las Cuatro Torres, en la plaza de Argüelles, junto a la plaza de España, promovida por el comerciante sirio Juan Clat Fragela entre 1736 y 1745, una típica casa de cargadores a las Indias.

Otra característica importante que notará el viajero es la fábrica de las fortificaciones y edificios singulares: la piedra ostionera, la base del subsuelo de la bahía. Son los sillares que levantan baluartes, castillos y el caserío de Cádiz, San Fernando y Puerto Real, Chiclana, El Puerto, Rota, Chipiona y Sanlúcar. El milagro es el duro caparazón del ostión mezclado con otras conchas marinas, que forman un conglomerado de roca sedimentaria que sustenta el andamiaje de muchas casas de la bahía, algunas del siglo XVII, cuando se reconstruyó la ciudad tras el asalto angloholandés de 1596.

Conchas de ostiones (género *Crassostrea)* y fangos, los ingredientes para la formación de la piedra ostionera. Foto tomada en el caño de río Arillo.

Esta magnificencia es fruto del periodo áureo de la ciudad, cuando el consulado y la Casa de Contratación de Indias residieron en Cádiz, entre 1717 y 1790. Una ciudad que albergaba colonias de flamencos, genoveses, bretones, franceses, armenios, montañeses, gallegos, portugueses, vascos o catalanes. El siglo de oro gaditano, una bahía cosmopolita, cuya riqueza se distribuía entre Cádiz, Jerez y los puertos, como los de Santa María, Rota o Sanlúcar de Barrameda.

El caminante puede ejercer ahora de *flâneur* o *flâneuse,* de observador, y tratar de llevarse el alma de la ciudad en sus recuerdos.

Si el forastero, peregrino, caminante es además amante del carnaval, no debería perderse, siquiera sea contemplarlo por fuera, el Gran Teatro Falla. Lo llaman el «templo de los ladrillos *coloraos*», un edificio de estilo neomudéjar donde se celebra el concurso de agrupaciones del Carnaval de Cádiz. Si tiene la suerte de poder acceder a su interior, saldrá bendecido de coplas y fascinado por su decoración, especialmente por la alegoría del paraíso representada en el airoso mural de su techo, obra del pintor gaditano Felipe Abarzuza (1909), representante del estilo regionalista andaluz.

Otra sugerencia: la gastronomía local, que tiene como base el pescado, especialmente el de la bahía, como boquerones, sardinas, caballas, acedías, lenguados, pijotas, pescadilla, cazón (muy sabroso en adobo), chocos, puntillitas, almejas, gambas. Y todo acompañado de los caldos de la tierra: finos de Jerez o Chiclana y manzanillas de Sanlúcar.

Un aspecto sociológico y lingüístico interesante de la ciudad es su léxico, las palabras típicamente gaditanas muchas de ellas procedentes del mundo marinero y de las influencias llegadas por el mar a lo largo de su historia. En marzo de 2023 ha tenido lugar el IX Congreso Internacional de la Lengua Española en el que se ha hecho una puesta en valor de las aportaciones gaditanas y andaluzas a la lengua española e hispanoamericana. Para las personas interesadas en cuestiones de sociolingüística, existe una excelente obra, *El habla de Cádiz*, del profesor Pedro Payán Sotomayor, que trata de forma amena y coloquial estas cuestiones. La recomiendo.

Estas sugerencias son el preámbulo al comienzo de la primera etapa, que es lo que en realidad ha traído al caminante a nuestra provincia, a la ciudad. Y ya con el espíritu jacobeo pleno de sensaciones se dispondrá a caminar a pie o a recorrer en bicicleta la Vía Augusta. Seguro que ya llevará bastantes anotaciones en su diario de caminante.

San Fernando

Como todas las poblaciones de la bahía gaditana, participó de un mismo contacto entre los pobladores indígenas de sus islas. La actual Isla de León se ha vinculado con la Antípolis de las Gadeiras[10], la Cimbis histórica, donde el mítico Gerión apacentaba sus ganados, quizás de vacas retintas.

10 Entre los griegos se la cita como *tá Gádeira*, archipiélago de islas existente en lo que hoy es bahía de Cádiz: Erytheia, Kotinoussa y Antipolis.

El término municipal, desde Cádiz hasta Puerto Real, está enclavado en el Parque Natural de la Bahía de Cádiz, por lo que tanto el paisaje como los caños mareales o la avifauna acompañarán al caminante en su recorrido, bajo una luz espectacular.

Su arquitectura presenta características singulares. La casa tradicional isleña puede tener una o dos plantas, con fachadas blancas, cierros o enormes ventanas enrejadas, puerta labrada en piedra ostionera, azoteas con pretiles almenados, algunos con parapetos, y sobre ellos en algunos casos pináculos de cerámica. Todo un primor arquitectónico refulgente de blancura; en muchos casos, las almenas y cornisas están decoradas con cenefas y grecas color almagre. Merece la pena deambular por las calles aledañas a la arteria principal de la ciudad, la calle Real, y contemplar sus esbeltas y airosas fachadas, sus portadas, como la de la Casa Lazaga (calle Real, 157).

El caminante puede dejarse llevar y pasear por esta emblemática calle, antes carretera nacional 340 y ahora paso del tranvía de la bahía, donde tiene muchos establecimientos para reponer fuerzas y saborear la gastronomía local: pescado fresco frito, tortillitas de camarones, vinos de la tierra. Otro lugar con sabor es la plaza tras el castillo de San Romualdo, más propiamente conocida como plazoleta de Las Vacas, como recuerdo de su uso ganadero anterior.

En San Fernando a los bares castizos los llaman «güichis», tabernas donde lo más importante es el despacho de bebidas, aunque actualmente ofrecen en algunos casos suculentos manjares. Son el equivalente al «bache» en Cádiz, al «tabanco» en Jerez o a las «bodeguitas» en Sanlúcar. Parece ser que la palabra es una derivación fonética popular a partir del vocablo inglés *whisky*, de cuando los ingleses convivieron con la población local durante la guerra de la Independencia como aliados contra los franceses. Van quedando menos, pero es una visita recomendadísima, toda una lección de etnografía local. En cuanto a la gastronomía, se basa en los productos que dan la bahía, los caños y las salinas y esteros: doradas, róbalos o robalos (también llamados lubinas), anguilas, lisas de esteros, almejas, ostiones, cañaíllas, tortillas de camarones. Buenos manjares.

San Fernando casi roza los cien mil habitantes (2018) y la superficie de su término duplica la de Cádiz: treinta kilómetros cuadrados. El islote de Sancti Petri, donde estuvo el templo de Melkart, queda dentro de su término. En su escudo se simbolizan las señas de identidad de los «cañaíllas», el gentilicio popular alternativo al oficial: el Puente Suazo, ondas del caño de Sancti Petri, columnas de Hércules, una llave de oro alusiva a su inexpugnabilidad frente a los invasores franceses, y el lema: «Muy Leal y Constitucional, Invicta, Heroica, Americanista, Parlamentaria Ciudad de San Fernando». Un sintético compendio de su historia.

De su pasado islámico queda el ya citado castillo de San Romualdo, antiguo *ribat*, posiblemente anterior al siglo XIII. Se conocía como «lugar de la puente» por alusión al de Suazo, que salva el caño mareal de Sancti Petri. Los Suazo (también escrito Zuazo) fueron una familia segoviana a la que el rey Juan II de Castilla (s. XV) le concedió la explotación de «la casa de la puente con la barca que está cerca de ella», dando su nombre al mismo. El topónimo Isla de León alude al periodo en que perteneció al señorío de la Casa de Arcos, en tiempos de don Rodrigo Ponce de León, Marqués de Cádiz.

Entre su patrimonio civil se encuentran los hornos y alfares fenicio-púnicos; el citado puente de Suazo, que salva las fuertes mareas y corrientes del caño, y que resultó definitivo para la salvaguarda tanto de San Fernando como de Cádiz durante el asedio napoleónico; el islote con el castillo de Sancti Petri; y el magnífico edificio de las casas consistoriales, ejemplo del estilo neoclásico academicista, en el que sucesivamente trabajaron los arquitectos Torcuato Cayón, Albisu y Torcuato Benjumeda, bajo la supervisión del arquitecto de la corte Ventura Rodríguez.

Ayuntamiento de San Fernando (Cádiz).

Su estratégica situación en el saco de la Bahía y el naciente comercio americano fueron determinantes para que, en el siglo XVIII, con la nueva dinastía borbónica, se crease el Departamento de Marina (1770). A esta iniciativa se debe su importantísimo patrimonio militar: Arsenal de la Carraca, Panteón de Marinos Ilustres, Real Observatorio Astronómico de la Armada y el edificio de la Capitanía General, en la calle Real.

De sus monumentos religiosos es destacable por su valor añadido histórico la Iglesia Mayor de San Pedro y San Pablo, neoclásica del siglo XVIII, en la que se reunieron por primera vez los diputados que redactaron la Constitución de 1812. Asimismo, la iglesia del Carmen (s. XVIII), cuya visita es recomendable pues muestra todos los atributos propios del templo barroco gaditano, como son los mármoles genoveses.

Entre su nómina de ilustres destacan marinos y militares, cosmógrafos, políticos, científicos e ingenieros (que dan nombre a su callejero), como es lógico en una ciudad concebida para albergar una población militar, un arsenal y dependencias de la armada, y donde se vivió tan de cerca la Constitución de 1812. Entre ellos destacan la fundadora de centros de enseñanza femenina María de Arteaga Ochoa y Verovia (1708-1760); el contraalmirante y marino de guerra

Lobo y Malagamba (1818-1876); el director del Observatorio de Marina Cecilio Pujazón (1833-1891), marino y astrónomo; o el escritor Luis Berenguer (1923-1979). Vinculado a esta efeméride está el Real Teatro de Las Cortes, el cual muestra en su fachada lápidas alusivas a su papel durante las primeras reuniones de los diputados desde septiembre de 1810 hasta febrero de 1811. Sus nombres han pasado también al callejero local.

Puente Suazo (San Fernando, Cádiz).

La estratégica posición de La Isla y su ubicación entre caños de marea resultaron fundamentales durante la guerra de la Independencia: rendición de la escuadra francesa del almirante Rosilly (junio de 1808), defensa del puente Suazo mediante baterías en el actual cruce de caminos a Puerto Real y Chiclana, en una posición avanzada; batalla de Chiclana (1811); y levantamiento final del cerco francés (agosto 1812).

También destacan artistas de la talla del cantaor Camarón de La Isla (1950- 1992), una auténtica leyenda del cante jondo, con casa museo recién inaugurada justo por donde pasa el camino al salir de la ciudad hacia Puerto Real.

Como se ha dicho, la ciudad muestra excelentes casonas solariegas de estilo barroco y neoclásico en su calle Real, sobresaliendo las portadas, decoraciones y filigranas. Para tomar su pulso es recomendable que el caminante se adentre por las calles Rosario y San Rafael, muy próximas a la Iglesia Mayor, calles comerciales con tiendas, bares, y que mantienen aún el sabor local. Las calles que las cruzan son ejemplos magníficos de las típicas casas isleñas, como Maestro Portela, Mazarredo, Calatrava.

San Fernando tiene también playas extensas en el litoral atlántico, la continuación del istmo de Cádiz, desde Torregorda hasta la Punta del Boquerón, donde acaba su término por el sureste. Es un recorrido interesantísimo desde la orilla isleña del caño de Sancti Petri. Por la otra llegaría la histórica Vía Augusta procedente de Puerto Real hacia el templo de Melkart-Hércules, para continuar por el arrecife (actual carretera Cádiz-San Fernando) y tramo final de la calzada hacia Gades. El puente romano que dio origen a la *mansio* Ad Pontem se cree que no estaba en el actual Puente Suazo, sino más próximo al santuario, cerca del poblado de Sancti Petri, orilla de la actual playa de La Barrosa, sobre el actual caño de Carboneros (término de Chiclana de la Frontera).

La historiografía sugiere que en este grandioso templo tirio quizás no llegase a existir una imagen de culto, siguiendo el ritual anicónico de los pueblos semitas. Sería un santuario con altares, fuegos perpetuos sagrados y reliquias. Misticismo y panteísmo más que iconografía. Sacerdocio, oráculos, celibato, sacrificios, rituales sincréticos.

Esta es una breve síntesis de lo que el peregrino, si decide pernoctar en San Fernando, puede conocer. Si no tiene urgencias, es lo más recomendable.

Castillo de Sancti Petri (San Fernando, Cádiz) (foto de www.cabila.com).

Puerto Real

La localidad se sitúa en la orilla norte del saco interior de la bahía de Cádiz, probablemente cerca del antiguo poblamiento romano de Portus Gaditanus (puerto de Gades), una *mansio* de la vía Augusta entre Hispalis y Gades citada en diversas fuentes: el *Itinerario de Antonino,* el *Anónimo de Rávena*[11], los vasos de Vicarello y por el geógrafo Pomponio Mela. No obstante, su localización exacta sigue siendo objeto de debate aún hoy.

En la villa romana de Puente Melchor, a la entrada de la población por la senda caminera, apareció un mosaico de Baco de enormes dimensiones que se exhibe en el Museo de Cádiz. Las ánforas producidas en el actual territorio de Puerto Real, rico en arcillas rojas, servían para transportar vino y salazones a otros lugares del Imperio romano; en Roma, en el Monte Testaccio, se han hallado restos de ánforas producidas en sus alfares.

---

11 Texto del siglo VII compilado por un cosmógrafo cristiano muy importante para conocer las calzadas romanas, que complementa la información del *Itinerario de Antonino* añadiendo nombres de nuevas ciudades o *mansios* surgidas con posterioridad a este.

El nombre actual se debe a su fundación por los Reyes Católicos en 1483 (un puerto de realengo). La población de Puerto Real fue fundada por Carta Puebla cuando estos se encontraban en Córdoba durante la guerra de Granada. Su intención era dotar a la Corona de una salida al mar bajo jurisdicción propia en el golfo de Cádiz en un entorno en el que todos los puertos se encontraban bajo control nobiliario desde la segunda mitad del siglo XIII[12]. Se eligió la franja costera del municipio de realengo de Jerez de la Frontera, y se autorizó el asentamiento de doscientos colonos. En 1488 ya estaba constituido el concejo y de acuerdo con la Carta Puebla se segregó, con categoría de villa, de Jerez de la Frontera. No obstante, siguieron los litigios con los jerezanos hasta que en 1572, reinante Felipe II, pasó definitivamente a la monarquía.

El setecientos comenzó con el asalto de una escuadra anglohoLandesa que saquea y arrasa la villa en 1701. Su reconstrucción se vio favorecida por el traslado a Cádiz de la Casa de Contratación en 1717. Y el ochocientos también tuvo un comienzo nefasto para Puerto Real: la guerra de la Independencia (1808-1814), que transformó la villa en base de operaciones del ejército francés en su intento por tomar la ciudad de Cádiz. La ocupación (1810-1812) resultó en el abandono de sus habitantes y la destrucción de parte del caserío y establecimientos agrícolas e industriales.

Su centro histórico está declarado conjunto histórico artístico y posee el peculiar trazado hipodámico, al estilo de las nuevas ciudades nacidas en el Renacimiento. Desde el siglo XIX ha estado vinculada a la construcción naval.

Su entorno natural lo forman el Parque Natural de la Bahía de Cádiz, los pinares de Las Canteras y el pinar de La Algaida, por donde discurre el primer tramo de la segunda etapa que lleva a El Puerto de Santa María. Asimismo, su complejo de lagunas endorreicas, entre las que destaca la del Taraje, con treinta y siete hectáreas de extensión y abundante población de avifauna.

12 Casas ducales de Medinaceli, de Medina-Sidonia y de Arcos.

Ayuntamiento de Puerto Real (Cádiz).

De su patrimonio destacan la iglesia de San Sebastián —la más antigua de la ciudad y donde se puede sellar la credencial—, la iglesia de la Victoria, el callejón del Arco, la zona de la playa de la Cachucha y el paseo marítimo. Si se llega a tiempo, se recomienda visitar su mercado de abastos, dieciochesco, especialmente los puestos de pescados y mariscos de las salinas y esteros.

El primer ferrocarril de Andalucía (hacia 1860) conectaba Jerez de la Frontera con El Puerto de Santa María y Puerto Real, conocido como «el tren del vino», con la finalidad de dar salida marítima a las producciones vinícolas con destino al Reino Unido.

DIARIO DEL CAMINANTE

El peregrino-cronista es natural de Cádiz, pero va a tratar de verla en perspectiva, de figurarse un forastero en su propia ciudad, dejarse llevar por sus calles y plazas ejerciendo de *flaneur,* imaginando que es un caminante jacobeo que viene a comenzar la Vía Augusta. Obtuvo su credencial en la asociación local, cuya sede está en el barrio de Santa María, calle Sopranis n.º 15 y se acercó al templo santiaguero gaditano, en la plaza de la catedral, donde su sacristán le estampó el sello.

El callejeo lo llevó hacia la plaza de Las Flores y el mercado, que en Cádiz se le llama «la plaza». Aquí el olor a chicharrones puede ser un atractivo para entrar y probar esta delicatesen local (carne de cerdo especiada y frita). O el del pescado frito de los freidores.

Como se ha dicho, en Cádiz conviene mirar hacia arriba, las fachadas y balcones, curiosear en los patios, tocar la piedra ostionera de la que están hechas las casas y edificios, sus murallas, sus castillos, formada a base de conchas de moluscos y ostiones.

Muy apretada tendrá la agenda el caminante por lo que se le recomienda que aproveche su venida a la ciudad de Cádiz y disfrute previamente a su partida de lo que la Tacita de Plata le ofrece: mucha historia, un patrimonio bien conservado, especialmente el casco histórico, y una oferta culinaria notable y variada. Y se recomienda que esté atento al habla gaditana, y a sus palabras de añejo sabor local, como analizó el querido filólogo gaditano don Pedro Payán Sotomayor[13].

Pero esto es solo la mitad de la ciudad, pues como se ha apuntado Cádiz es una ciudad doble, una especie de *didyme,* con su *neápolis*, conocida como Puertatierra: la ciudad al otro lado de las murallas, que ya existía en tiempos de Roma, cuando era un archipiélago, las *gadeiras*. En concreto, la flecha de tierra alargada que avanzaba hacia el templo de Hércules-Melkart (islote de Sancti Petri) era conocida como Kotinoussa (tierra de acebuches). Hoy día es el istmo que une la urbe gaditana con tierra firme. A un lado el océano y por el interior la bahía. Mediante rellenos ganados al mar interior se ha ganado el ensanche de la ciudad, cuyo término municipal es de apenas unos trece kilómetros cuadrados, de ahí que esta zona residencial haya crecido en vertical. Incluso tiene sus barrios históricos: San Severiano (que quedó devastado con la explosión de 1947), San José o Puntales.

Estos son solo apuntes para que el viajero se oriente entre las muchas opciones que brinda la que fue Gades romana,

13 *El habla de Cádiz.*

el destino final de la Vía Augusta que unía con Roma y que ahora el peregrino-caminante comenzará a recorrer en sentido inverso hacia Sevilla.

En San Fernando, el peregrino optó por entrar en la ciudad y recorrer su calle Real. Encontró abierta la Iglesia Mayor local, consagrada a los apóstoles San Pedro y San Pablo, del siglo XVIII y estilo barroco. El 24 de septiembre de 1810, durante el sitio de Cádiz (el asedio de las ciudades de San Fernando y Cádiz por parte de la *grande armée* napoleónica durante la guerra de Independencia española), los diputados que redactaron la Constitución de 1812 juraron lealtad en este edificio. Este hecho quedó inmortalizado por el pintor José Casado del Alisal en un cuadro expuesto en el Congreso de los Diputados. El caminante pasó a su sacristía y pudo sellar la credencial.

En los alrededores de la plaza de la Iglesia, y tras recorrer los quince kilómetros del primer tramo de etapa, se demoró en una terraza a descansar y reponer fuerzas con una buena tapa de bienmesabe (cazón en adobo) y unas copas de manzanilla de Sanlúcar de Barrameda. Estos momentos también son importantes, cree el viajero, reconfortan el espíritu, ayudan a dividir la etapa en dos «tempos» y dan fuerzas para continuar. Como el peregrino es gaditano, ya conocía el importante patrimonio sanfernandino y continuó su camino.

El paisaje entre San Fernando y Puerto Real permite comprender la ubicación de estas poblaciones entre marismas y caños mareales, como el Sancti Petri. Una planicie bajo una luz espectacular, con pescadores, avifauna y cangrejos en los fangos.

En Puerto Real la entrada la hizo por la animosa calle de La Plaza, donde se ven azulejos y flechas indicando la ruta jacobea hacia el centro urbano. En el edificio rosado del ayuntamiento pudo sellar la credencial y dio por finalizada esta larga e interesantísima primera etapa, que comenzó a las claras del día en el gaditano templo de Santiago. Normalmente, se suele llegar a tiempo para almorzar. La gastronomía local, basada en los productos de la bahía, bien merecía sentarse a mesa y mantel en cualquiera de los distintos bares y restaurantes que ofrece esta villa gaditana y saborear sus pescados. Si se ha pasado la hora puede dejarse la refacción para la cena. En cuanto a precios los hay para todos los gustos y bolsillos…

ETAPA II: PUERTO REAL – EL PUERTO DE SANTA MARÍA – JEREZ DE LA FRONTERA

«La vida es un viaje. Camino es vida. Nos movemos en el tiempo y el espacio, sobre paisajes abiertos… y nos encontramos en el Camino. Camino es un viaje físico y mental en la cultura».

Relato «El camino te muestra quién eres», de Jolanta E. Karpinska-Jørgensen. Noruega – 65 años

Distancia: 33 km (visitando el casco histórico de El Puerto)
Tiempo estimado: 7/8 h (en función de la visita a esta ciudad)
Altitud Puerto Real: 8 m
Altitud Jerez de la Frontera: 56 m

DESCRIPCIÓN:

Etapa con varios puntos intermedios en el término de El Puerto de Santa María donde avituallarse y reponer fuerzas: Casa Los Toruños (a la salida del parque natural); urbanización de Valdelagrana; centro de la propia ciudad de El Puerto de Santa María; o el bar de la estación de tren. Se ha dividido en dos tramos. Si el caminante decide continuar sin visitar el centro de El Puerto, el recorrido se vería reducido en 1 km aproximadamente.

LA ETAPA

1.er tramo: Puerto Real-El Puerto de Santa María (centro histórico): 15 km.

Km 0: Salida de Puerto Real, plaza de Jesús, sede del ayuntamiento donde hay azulejo Vía Augusta, hacia el paseo marítimo por las calles Soledad, Amargura (donde está el teatro Principal) y Matalobos. En la acera del paseo está la oficina de turismo municipal, donde también se puede sellar la credencial.

Peregrinos por el río San Pedro, Parque Natural de La Algaida-Los Toruños (entre Puerto Real y El Puerto de Santa María, Cádiz)

La senda continúa por el citado paseo, calle Ribera del Muelle, en dirección hacia las calles Francia y avenida Argentina por donde se salvan la vía del tren y la autovía Cádiz-Sevilla, para acceder a la zona universitaria y entrar en el Parque Natural de La Algaida-Los Toruños. Desde su salida de Puerto Real (plaza de Jesús) hasta la entrada al pinar (frente a edificios de la Universidad de Cádiz) la distancia recorrida ha sido de 2,3 km.

En este nuevo ecosistema el peregrino disfrutará de vegetación de tipo dunar y abandonará el término puertorrealeño observando la flora del parque: candiles, tarajes, acebuches, labiérnagos, pinos carrascos y piñoneros, lentiscos, palmitos, sabinas. Además de aves y algún que otro conejo. Pasado el edificio del Instituto de Ciencias Marinas, a la izquierda y en épocas de lluvias puede contemplarse la laguna de La Algaida, voz árabe que se puede traducir por «bosque» o «terreno arenoso a la orilla del mar».

Como sucede con el término municipal de San Fernando, también Puerto Real tiene el suyo limitado en su fachada marítima por caños de mar: el Sancti-Petri lo separa de la Isla de León y el río San Pedro (en realidad, otro caño de marea) de El Puerto de Santa María. Flechas e hitos señalan la ruta tanto en el casco urbano de Puerto Real como en los accesos al vecino término portuense.

Peregrinos de la Asociación Jacobea Gaditana «Vía Augusta» iniciando la etapa entre Puerto Real y El Puerto de Santa María

La salida del pinar de La Algaida es por un puente de madera que salva el río San Pedro, desde el que se puede disfrutar de un magnífico paisaje marino, ausente de arboleda a partir de este punto. La otra orilla nos sitúa en el parque de Los Toruños, perteneciente ya a El Puerto, como se lo conoce popularmente. El puente suele estar concurrido por pescadores que aprovechan la entrada y salida de peces con las mareas. También es zona de marisqueo y se pueden ver abundantes «bocas de La Isla» o cangrejos «violinistas» entre los fangos de las orillas.

La senda avanza ahora por tramos rectos entre marismas y caños. A poniente tenemos la bahía de Cádiz con el nuevo puente de la Constitución de 1812 y la playa de Levante de El

Puerto, que es la continuación natural de la de Valdelagrana, salvaje y solitaria, ideal para pasear. Un giro de noventa grados a la derecha lleva al caminante hasta la Casa de Los Toruños, centro deportivo y recreativo, donde hay posibilidad de descansar y refrescarse. Hitos con azulejos indican sin problemas la senda por el parque hasta este punto. Se han recorrido 7,5 km de etapa.

A partir de aquí se ofrecen dos alternativas, en función de los tiempos y opciones personales:

1.ª Salir de la misma Casa de los Toruños por un sendero a la izquierda en zona boscosa (sin salir a la avenida del Mar) y continuar por el paseo marítimo de Valdelagrana, contemplando de nuevo un paisaje marino, con urbanizaciones y establecimientos donde reponer fuerzas e incluso, con buen tiempo, darse un baño. Al final del paseo y por la avenida Catalina Santos «La Guachi», pasando junto a la iglesia de La Merced, se desemboca en la avenida de Los Corales. Esta opción permite al caminante disfrutar de vistas playeras al mar de la bahía (aquí se despide del paisaje marino), de la ciudad de Cádiz, al otro lado de esta, y de la abundante oferta hostelera de la zona.

2.ª De la Casa de los Toruños salir a la derecha por la avenida del Mar hasta la de Madrid y avanzar por el paseo peatonal paralelo a la carretera N-IVa o avenida de Valdelagrana.

Ambas sendas se unen en la avenida de los Corales, antes del estadio de fútbol de El Puerto, junto a la carretera N-IVa. La primera opción, por el paseo marítimo, supone solo 1,1 km más de caminar a cambio de disfrutar de unas vistas de la bahía y zona de playa. La segunda es más directa, depende de dónde el caminante haya fijado el punto final de la etapa.

Tras la confluencia de las dos opciones, el peregrino/bicigrino avanza hasta la rotonda de la plaza de las Américas, en la carretera N-IVa, donde puede contemplar una réplica de la carabela colombina «La Niña».

Km 12: En dicha rotonda nuevamente hay dos opciones, siempre en función de los tiempos, intereses y opciones personales:

1) Visitar El Puerto de Santa María (muy recomendable). Para ello, a la izquierda, por un aparcamiento en superficie junto a la zona portuaria, se cruza un puente peatonal sobre el río Guadalete para recorrer la ciudad y disfrutar de su importante oferta patrimonial.

Puente sobre el río Guadalete, acceso peatonal a El Puerto de Santa María

El recorrido lleva por la calle Ribera del Río, plaza de la Herrería, calle Misericordia y el castillo de San Marcos. En la contigua casa palacio de Araníbar está la oficina de turismo y se puede sellar la credencial.

Siguiendo las flechas y azulejos, se toma la calle Santo Domingo (donde están la Fundación Alberti y el antiguo convento dominico, hoy instituto), calle Pagador y plaza de España. El peregrino está en el centro portuense, junto a la Iglesia Mayor Prioral, donde puede sellar la credencial.

En esta plaza se encuentra el museo municipal, ubicado en una casa-palacio del siglo XVIII, la casa de la marquesa de La Candia, prototipo de las de Cargadores a Indias. Si el peregrino no tiene prisa, la sugerencia es visitarlo.

Castillo de San Marcos, El Puerto de Santa María (Cádiz).

La salida es por la calle Vicario, mercado municipal, calle Cielos, ermita de los Caminantes (antiguo humilladero de La Victoria) y rotonda del parque del Vino Fino, confluyendo de nuevo en la carretera N-IVa.

2) Desde la rotonda de la Carabela, continuar rectos siguiendo las flechas en dirección a la estación de tren. Esta alternativa lo lleva por la avenida de Europa, acera paralela a la N-IVa, plaza de la Estación y rotonda del parque del Vino Fino, y avenida de Sanlúcar, donde se enlaza con la primera opción.

No cabe duda de que el peregrino optó por la primera, acercarse a la avenida de la Bajamar, visitar la ciudad, callejearla, conocer su riqueza monumental y patrimonial (Iglesia Prioral, castillo de San Marcos, museo municipal, plaza de Toros, casas-palacio, bodegas) y degustar sus vinos finos y su variada gastronomía basada en el marisco y los pescados. Merece la pena.

2.º tramo: El Puerto de Santa María-Jerez, parroquia de Santiago: 18 km.

Unificadas ambas opciones, desde la rotonda de la N-IVa (parque del Vino Fino) se gira a la izquierda por la primera calle, Granja de San Javier. Luego rotonda, a la derecha por la avenida de la Diputación, nueva rotonda, calle del Prior Juan Miguel Sánchez, carretera del Juncal y finalmente la carretera del casino, donde comienza la suave y cómoda subida a la sierra de San Cristóbal, la altura más importante de toda esta Vía Augusta, en la que se alcanzan los 125 m.

Esta sierra es el límite natural entre los términos de El Puerto y Jerez. Recientemente, se ha colocado una cruz. La senda se dirige por el edificio de lo que fue el convento de Las Beatillas (cerrado) hacia la trasera del parque acuático, el cual se bordea por su parte superior por un sendero ya en descenso que lleva a un puente por el que se salva la autovía A-4 y se cambia de margen.

Sierra de San Cristóbal, hito Vía Augusta.

Se transita ahora por la vereda de la Sierra de San Cristóbal, ya en el término de Jerez. En cómodo descenso se pasa junto a la entrada de la finca Olivar Matajaca y luego una zona de conservación e infraestructura de carreteras. Tras rodearla, el carril sube a la finca Matacardillo y por la zona del campo de golf (derecha) se entra en las primeras urbanizaciones de la capital del sherry a la altura de una rotonda donde confluyen calles con nombres de países europeos.

A continuación, una zona de polígono comercial. Al otro lado de la autovía, se puede ver una enorme e importante bodega famosa por sus caldos internacionales.

Tras abandonar el carril, la ruta por la ciudad de Jerez lleva por las siguientes calles de las primeras urbanizaciones: Holanda, Finlandia (trasera de centros comerciales), rotonda, de frente por la calle Escritor Antonio Quintero y Ramírez, izquierda por Miguel Hue, izquierda por Arquitecto José Vargas, plaza-rotonda Consejo de Europa, avenida Blas Infante y glorieta Cuatro Caminos. En este punto hay que extremar la precaución por el tráfico.

Catedral de Jerez de la Frontera (Cádiz).

A partir de aquí se accede al casco histórico jerezano por la Calzada del Arroyo, plaza del Arroyo, Catedral, Cardenal Bueno, Aire, Manuel María González, plaza Monti, plaza del Arenal, Consistorio, plaza Plateros, Tornería, Francos, plaza de San Juan, Oliva y plaza de Santiago en la parroquia del mismo nombre, donde finaliza esta segunda etapa. El peregrino podrá visitar este magnífico templo y sellar su credencial.

ASPECTOS HISTÓRICOS Y ETNOLÓGICOS

El Puerto de Santa María forma parte del área metropolitana de la bahía de Cádiz-Jerez, la tercera de Andalucía, tras Sevilla y Málaga, y la duodécima de España.

La leyenda dice que la ciudad fue fundada por Menesteo, rey ateniense que participó en la guerra de Troya. Terminada esta, perdió su trono y tuvo que emigrar. Navegando sin ningún destino, fue a parar justo a la desembocadura del río Guadalete y fundó la ciudad, Puerto de Menesteo. Este hecho histórico tendría lugar hacia el 1184 o 1183 a. C., ya que la guerra de Troya tuvo lugar entre los años 1194 y 1184 a. C., hace aproximadamente tres mil docientos años.

Para algunos arqueólogos la primitiva Gadir, como primera aglomeración urbana o centro comercial, se construyó en torno a lo que hoy es el castillo de Doña Blanca, dejando la actual Cádiz como recinto sagrado y su posterior utilización como casco urbano en los siglos VII-VI. Una hipótesis sustentada en los recientes hallazgos arqueológicos y teniendo en cuenta una geomorfología de la bahía y del cauce del Guadalete muy diferentes a los que hoy se conocen.

La ciudad fue trasladada a su emplazamiento actual en época imperial romana, como lugar del Portus Gaditanus, coincidiendo con la construcción del nuevo canal de desembocadura del Guadalete, promovido por el patricio gaditano Lucio Cornelio Balbo el Menor, hacia el año 19 a. C.

En época árabe su nombre fue Alcanatif, cuya traducción sería «puerto de las salinas», dada la actividad salinera de la zona desde época fenicia y romana, y que continúa actualmente. Tras la conquista castellana en 1260 por el rey Alfonso X el Sabio, su nombre fue Santa María de El Puerto en homenaje a las muchas familias de Santoña (cuyo nombre original era Santa María) que repoblaron la ciudad. Este monarca incluyó a El Puerto en una de sus *Cantigas de Santa María* (la n.º 328). Posteriormente, llegó a formar parte de la Casa Ducal de Medinaceli.

El río Guadalete, en su tramo final, hizo posible que la ciudad fuese sede de flotas y de la salida del segundo viaje de Colón a América. En El Puerto se pertrechó la carabela

Santa María, propiedad de Juan de la Cosa, piloto de Colón en 1492, cartógrafo y autor del primer mapa que incluye el continente americano, fechado hacia 1500.

Su actividad mercantilista ligada al mar es el origen de que se la conozca como la ciudad de «los cien palacios», residencias de comerciantes o cargadores a las Indias. Casonas con patios porticados y dependencias para almacenes. Muchas se pueden contemplar en la misma calle Palacios (así llamada por su abundancia) o en la calle Larga, que fue el *cardum* de la primitiva ciudad romana.

Su patrimonio natural está constituido por el Parque Natural de Los Toruños, colindante con el pinar de La Algaida de Puerto Real; la zona de marismas del río San Pedro; la sierra de San Cristóbal, limítrofe con Jerez; y su complejo endorreico en la zona de la sierra, hacia el norte del término, que incluye hasta cuatro lagunas de más de quince hectáreas de extensión.

Además, atesora un rico patrimonio que conviene visitar, todo muy céntrico: Castillo de San Marcos, Iglesia Mayor Prioral o la plaza de Toros. Muy importante por su historia es el yacimiento arqueológico del Castillo de Doña Blanca, importante asentamiento fenicio-púnico al pie de la sierra de San Cristóbal. Puede verse una muestra e información muy didáctica y bien contextualizada en el museo municipal local.

Famosa es por sus bodegas y vinos del marco del Sherry, así como por sus actividades pesqueras, destacando en su gastronomía el marisco y el pescado en torno a la ribera del río Guadalete. Un paseo por sus callejas permite contemplar los cascos de bodegas, algunos con las ventanas abiertas para refrescar las botas, de donde salen aromas únicos.

Es sede de varias fundaciones culturales, destacando la del poeta Rafael Alberti, portuense perteneciente a la Generación del 27, autor del poemario *Marinero en tierra*, entre su extensa obra literaria.

Por ello, la recomendación al peregrino es recorrer la ciudad sin prisas, incluso hacer pernocta y dosificar las etapas de este camino jacobeo.

Iglesia Mayor Prioral, El Puerto de Santa María (Cádiz).

Por su parte, Jerez de la Frontera es el municipio más poblado de la provincia gaditana, superando los doscientos doce mil habitantes (2021), con un extensísimo término (1.188 m^2), actualmente el segundo de Andalucía por detrás de Córdoba y el sexto de España. Su centro histórico está declarado bien de interés cultural y conjunto histórico artístico. Tiene un rico pasado que arranca en época tartésico-turdetana con el yacimiento de Asta Regia (a 11 km), situado al borde del Lacus Ligustinus[14]. Con Roma fue Ceret y en época musulmana Sherish. Tras la reconquista por Alfonso X el Sabio (1264), el topónimo árabe se castellanizó: Xerez o Xeres. Al ser limítrofe con el reino nazarí de Granada, se le añadió el complemento «de la frontera», como sucede con muchos topónimos de la provincia gaditana (Chiclana, Conil, Vejer, Arcos, Jimena o Castellar) y andaluces (Palos, Morón, Aguilar...). El libro de «repartimiento» de época alfonsí indicaba que ya existían en ella hasta «veintiún cascos de bodega», lo que da idea de la importancia vinatera de la zona ya desde entonces. En 1380, por privilegio del rey Juan I de Castilla, la villa pasa a denominarse Jerez de la Frontera, aunque ya desde la batalla del Salado (1340), con la derrota de los benimerines

14 Ensenada formada por la desembocadura del Guadalquivir, que abarcaba desde la orilla onubense hasta la bahía de Cádiz, con la cual estaría comunicada mediante brazos de mar enlazando con el estuario del río Guadalete.

por Alfonso XI, la frontera real se había trasladado a tierras malagueñas y granadinas. Con todo, sus caballeros jerezanos, entre los que destaca Diego Fernández de Herrera, continuaron participando en campañas bélicas de los reyes castellanos (batallas del estrecho), convirtiendo a Jerez en lugar de residencia de una distinguida nobleza. Una céntrica calle hace homenaje a ellos: la calle Caballeros, cerca de la plaza del Arenal. Su rica historia bien merece ser consultada, pues no podemos extendernos en esta descripción de la etapa.

La ciudad ofrece un amplio y variado patrimonio monumental, arquitectónico (civil y religioso) y bodeguero. Su extenso casco histórico es digno de ser visitado con detenimiento. Por ello, el peregrino debe decidir si divide esta etapa en dos con pernocta en El Puerto de Santa María, lo que le permitiría conocer con más detalle tanto esta ciudad como, al día siguiente, Jerez.

Se puede comenzar por visitar su soberbia catedral (magnífico ejemplo del estilo gótico tardío, barroco y neoclásico), alzada sobre la que fue aljama o mezquita mayor, y continuar por los barrios adyacentes y el alcázar almohade (s. XII). Iglesias de San Miguel, San Juan de los Caballeros, San Dionisio, San Mateo y Santiago, antigua ermita fundada por Alfonso X el Sabio, una impresionante construcción gótica, con elementos renacentistas y barrocos posteriores (entre otras muchas). Museo arqueológico, Centro Andaluz del Flamenco (en el magnífico palacio Pemartín), parque zoobotánico, plazuelas y calles del interior de la muralla almohade, donde podremos asomarnos a los bellos patios de sus casas palaciegas, como el Palacio de Bertemati, sede del obispado de la diócesis Jerez-Asidonia, o el de Villacencio, dentro del alcázar.

La estación de tren (de hacia 1930) se ha atribuido al arquitecto Aníbal González. Es de estilo neomudéjar, el mismo de la Plaza de España sevillana y de otro edificio señero jerezano: el Gallo Azul. La primera línea de ferrocarril andaluza fue Jerez-El Puerto de Santa María, para dar salida a las botas de vino por la bahía de Cádiz.

Muy recomendable es visitar algunas de sus bodegas (más de diez de renombre) y degustar los mundialmente famosos caldos jerezanos, acompañándolos de la gastronomía de sus fogones. O ir de «tabancos», el nombre de los antiguos establecimientos con botas de vino y buenas tapas que sirven esencias de la tierra.

Alcázar de Jerez.

En su calendario festivo son famosas su Semana Santa, Feria del Caballo en mayo, Festival de Flamenco, Feria de la Vendimia y las zambombas por Navidad, declaradas bien de interés cultural inmaterial y de interés turístico nacional. Auténticas manifestaciones de flamenco popular por peñas, barrios y plazas.

Mucho Jerez, mucha historia para tan poco espacio en esta descripción de etapa.

DIARIO DEL CAMINANTE

El peregrino anotó la delicia de recorrer al amanecer el parque de La Algaida- Los Toruños, el puente sobre el río San Pedro, su charla con pescadores y el segundo café que tomó en la cafetería del centro de interpretación de dicho parque, merecido reposo, donde selló credencial en sus oficinas y lo atendieron amablemente.

En El Puerto de Santa María se desvió para entrar a conocer la ciudad, cruzando el puente peatonal sobre el río Guadalete desde el que se tienen magníficas vistas de la ribera del río y su fachada de casonas. Por la fuente de las Galeras Reales, se dirigió hacia el Castillo de San Marcos, antigua mezquita islámica almohade y luego fortaleza alfonsí tras la conquista, hacia 1264. Llegó justo a la hora de apertura para visitas y admiró el muro de lo que fue la *quibla* del *mihrab.* En esta iglesia capilla dedicada a la Virgen de los Milagros, patrona local, instaló el rey Alfonso X su nueva orden militar de Santa María de España, de carácter naval, cuya empresa hubiera sido la de cristianizar el norte de África y poner fin a las oleadas islámicas que zarpaban de la otra orilla. Pronto desapareció al quedar fundida con la Orden de Santiago.

Callejeando la ciudad, que es como se conocen las urbes, mochila al hombro, el peregrino recorrió la calle Palacios y se detuvo en los zaguanes y patios abiertos de sus magníficas casonas de cargadores a Indias. Desembocó en la plaza de España, donde están el museo municipal (que no pudo visitar por falta de tiempo) y la Iglesia Mayor Prioral. Estaba abierta y accedió a conocer su interior. Templo de los siglos XVI-XVII, levantado con piedra arenisca de la cercana sierra de San Cristóbal, al igual que la catedral de Sevilla y muchos edificios de Jerez. Estaba por allí el párroco en sus menesteres y el viajero pudo sellar la credencial. Tuvo suerte.

El Puerto huele a vino, sus cascos de bodega con sus ventanas abiertas despiden un olor característico a botas de los caldos de la tierra. Son mundialmente conocidas firmas como Osborne o Caballero, otra visita recomendada para probarlos.

El límite entre El Puerto y Jerez es la citada sierra de San Cristóbal, desde cuyas alturas (125 m) se pueden divisar la campiña jerezana y las marismas de la bahía, por donde ha venido caminando el peregrino desde su salida de Cádiz. Se tomó sus minutos de descanso tras la subida, oteó el horizonte, tomó fotos y se sentó a escribir notas en el diario en la puerta de lo que fue hacienda Las Beatillas, que fue un espléndido edificio hotelero actualmente cerrado. Al pie de esta sierra, hacia el este, se encuentra el yacimiento fenicio-púnico de Doña Blanca, cuando el río Guadalete inundaba toda la zona actual de marismas. Su explicación histórica puede verse en el museo municipal de El Puerto.

En Jerez el peregrino, tras sellar su credencial en la parroquia de Santiago, se dejó perder por las calles del centro y fue de tabancos. Por ser gaditano iba avisado y no defraudaron las visitas. Probó los distintos tipos de caldos que salen de las botas de sus majestuosas catedrales del vino: fino, oloroso, cream, amontillado, palos cortaos…

Jerez le trae al viajero recuerdos de su infancia, de cuando su padre lo llevaba con su hermano a visitar el zoológico, al que entonces lo llamábamos el Tempul (por ser el depósito de aguas que vienen de dicho manantial y abastecen la ciudad); o bodegas como Domecq, González Byass o Williams Humbert. De paso traíamos una garrafa de cuatro litros o damajuana con un fino comprado a granel para el consumo familiar y aderezar los guisos.

Deambuló por los barrios de San Miguel, el alcázar, plazuelas, calle Francos, San Dionisio, plaza de la Asunción, plaza Plateros: el Jerez viejo intramuros. Al atardecer pudo visitar la catedral y admirarse bajo sus naves, un regreso al gótico, como retroceder en el tiempo. Y a su lado la torre-campanario visitable, antes minarete, de origen mudéjar. Un recorrido muy recomendable, aunque supuso un extra a la caminata propia de la etapa. Pero estas excursiones sin mochila ni prisas alimentan el espíritu y se rellenan las alforjas de la memoria. De alguna manera, cuando el peregrino inicia su periplo, es como si escribiese un libro de viajes. A pesar de vivir en Cádiz, visitar una ciudad, aunque sea vecina, con ojo de caminante, de peregrino, le hace sumergirse con otra perspectiva en el contexto jerezano. Valió la pena.

ETAPA III: JEREZ DE LA FRONTERA – EL CUERVO DE SEVILLA

«Cuando el Camino deje de estar de moda… y los años me hayan dejado renqueante…, verán a un viejo con las rodillas maltrechas que siempre vuelve al Camino porque allí dejó de cumplir años y comenzó a cumplir sueños».

Relato «El paso de los años», de Jesús de San Isidro

Distancia: 30 km
Tiempo estimado: 7/8 h
Altitud Jerez: 56 m
Altitud El Cuervo: 63 m

DESCRIPCIÓN

Esta etapa tiene dos puntos intermedios de avituallamiento, aunque, como siempre se recomienda ir pertrechados, sobre todo de líquidos, pues es larga y con sol hay que ir preparados. En primer lugar, la pedanía o entidad local autónoma de Guadalcacín (km 6 de etapa) y más adelante la tienda del área de servicio de la autovía El Cuadrejón (km 16).

LA ETAPA

Km 0: El inicio es la parroquia de Santiago de Jerez. Comienza un tramo urbano de seis kilómetros. El peregrino/bicigrino recorrerá las calles Ancha, Ponce, Guadalete, Sevilla, avenida Alcalde Álvaro Domecq, plaza del Caballo, glorieta Miguel Primo de Rivera, avenida de Andalucía, avenida Jardines Escénicos, centro comercial, avenida Voltaire (cambio de acera señalizado), avenida de Espera (km. 4), Antonio Guzmán Aquino y cruce hacia El Parquecillo. Sigue una recta por una pista pedregosa junto a la vía de servicio del tren, cruce a la derecha bajo puente, entrada en la pedanía de Guadalcacín por la calle Zarzales y rotonda dedicada a la Guardia Civil. En este núcleo hay servicios a pie de ruta para aprovisionarnos o descansar. El siguiente está a unos diez kilómetros.

Km 6: A unos ciento cincuenta metros, encontraremos a la izquierda la avenida Nueva Jarilla (carretera CA-3104). Avanzamos por ella, cruzaremos una rotonda, se sube un puente sobre la N-349 (circunvalación de Guadalcacín), luego otra rotonda y por la izquierda avanzamos ya por carril recto que se va aproximando a la autovía Sevilla-Cádiz (A-4), que queda de momento a la derecha.

Iglesia parroquial de Santiago, Jerez de la Frontera (Cádiz).

Hay que estar atentos a las señales para abandonar el carril y subir un puente sobre la autovía que nos lleva a cambiar de margen y dejarla ahora a la izquierda. Continuaremos avanzando teniendo al frente la Sierra de Gibalbín. Nos aproximamos a Nueva Jarilla, también pedanía o entidad local autónoma de colonización como Guadalcacín, dependiente del ayuntamiento jerezano, cuya torre-campanario vemos a la derecha.

Bicigrinos en la rotonda de Guadalcacín (Jerez).

Km 16: Área de servicio de la autovía «El Cuadrejón», junto a la cual, en épocas de lluvias, se forman lagunas endorreicas al pie de la sierra de Gibalbín, cuyas alturas nos están acompañando desde que salimos de Jerez. Su tienda ofrece bebidas y comestibles, tiene una puerta trasera al carril por la que se puede acceder a sus instalaciones. Hay un pequeño merendero con mesas. Ya no hay más puntos de aprovisionamiento hasta el destino final: El Cuervo de Sevilla.

Km 20,5: Fin del carril. Una cerca o valla da acceso a la finca «Romanina la Alta». En esta zona se han encontrado restos de hasta cuatro villas romanas, lo cual explica el nombre de la propiedad. Pasaremos por debajo de la autovía por un túnel. Estamos en las faldas de la citada sierra de Gibalbín (410 m), el confín del término municipal de Jerez y de la provincia gaditana, colindantes con la de Sevilla.

A la salida del túnel bajo la carretera, el carril gira a la derecha en suave ascenso con arboleda de eucaliptos que en época de calor se agradecen. Se camina paralelo a la autovía hasta llegar a una bifurcación de senderos. Tomaremos el de la izquierda.

A poniente queda la finca de viñedos Santa Lucía, en tierras albarizas, propiedad de una importante bodega sanluqueña. La leve subida culmina en una intersección de caminos (carretera rural G-7). Un hito marca hacia la derecha, dando un rodeo por la laguna de los Tollos, camino de las Monjas, parque Rocío de la Cámara, ermita Nuestra Señora del Rosario (hitos y azulejos marcando el camino) y primeras calles de El Cuervo de Sevilla.

Parroquia de San José, El Cuervo de Sevilla.

Km 29: Llegaremos a una glorieta donde veremos el azulejo jacobeo de esta Vía Augusta. Se accede al núcleo urbano por la calle Fernando Cámara Gálvez hasta el cruce con la antigua N-IV (avenida de Jerez). A unos escasos cien metros a la izquierda está la parroquia de San José, donde finaliza esta etapa y se puede sellar la credencial. En el ayuntamiento cuerveño también.

Otra opción más corta es, cuando se llega a la entrada de la Viña Santa Lucía, tomar directamente el carril a la izquierda (carretera rural G-7), que en unos dos kilómetros entra por el barrio alto de El Cuervo, calles Huerto Juncal y avenida de Cádiz, hacia su centro. Esta opción es recomendable sobre todo en épocas de lluvias ya que la laguna de Los Tollos suele acumular mucha agua en sus riberas y el terreno puede hacerse impracticable y dificultar la marcha.

ASPECTOS HISTÓRICOS Y ETNOLÓGICOS

Guadalcacín nace como un asentamiento de colonos en 1952 y su principal actividad es la recolección de algodón y la remolacha. Su nombre lo toma del afluente del río Guadalete, el Guadalcacín o Majaceite. Es fruto de los planes de colonización agraria surgidos en torno a los años cincuenta del siglo pasado.

Nueva Jarilla es otra población de colonos. Aproximadamente el 80% procedían de Rota, como consecuencia de las expropiaciones a mayetos (modestos viticultores o cuidadores de viñas) para construir la base naval. El resto procedía de otras poblaciones gaditanas: Alcalá del Valle, Arcos de la frontera, Algodonales o Paterna de la Rivera, incluso de la propia Jerez.

La cercana Sierra de Gibalbín (410 m) es la elevación más occidental del Sistema Subbético. En sus alrededores se han descubierto hasta cuatro villas romanas: Romanina Alta, Haza de la Torre, Fuente Salud y La Isleta, que muestran la importancia del enclave. Entre los objetos encontrados en ellas destacan unas monedas romanas que podrían ser originales del lugar siendo la supuesta sede de *Vgia Castrum Iulium*.

En El Cuervo la Vía Augusta entra en la provincia de Sevilla. Esta tranquila población de paso, perteneciente a la comarca del Bajo Guadalquivir, ofrece al caminante sosiego y relax por su menor tamaño, comparada con las anteriores.

Puede visitarse su Casa de Postas (s. XVIII), una auténtica *mansio* para el cambio de caballerías y descanso de viajeros cuando las diligencias cubrían la ruta Cádiz-Jerez-Sevilla, o la parroquia de San José, reaprovechada también como centro cultural.

En el mismo término se han encontrado restos de época romana, así como evidencias de una ciudad y varias villas junto a la antigua Vía Augusta, actual carretera N-IV. La localización de El Cuervo junto a esta calzada determina su origen como lugar donde reposar, dormir y dar descanso a los viajeros y sus animales. Estas son conocidas como casas de postas y fueron el primer núcleo de población de la localidad. Aun cuando datan del siglo XVIII, se piensa que las actuales construcciones están asentadas sobre otras más antiguas.

En su término municipal se encuentra la Laguna de los Tollos, a caballo entre los términos de Jerez de la Frontera y El Cuervo, provincias de Cádiz y Sevilla. Es, por extensión, la tercera más importante de Andalucía y la segunda en anchura tras Fuente Piedra (Antequera, Málaga), muy importante por la población de aves que la visitan cuando el humedal se recupera en años de lluvias.

En su calendario de fiestas se incluyen el Carnaval, el Día del Pan y Feria de Muestras, la romería y feria en honor de la patrona local, la Virgen del Rosario.

Ermita de la Virgen del Rosario (El Cuervo de Sevilla).

La gastronomía local ya es de influencias sevillanas, siempre recomendable y muy relacionada con el pan: puchera, ajo frito, ajo campero, migas, salmorejo, torrijas…

DIARIO DEL CAMINANTE

El peregrino llegó cansado por el calor y la larga distancia recorrida. Tiró de su alacena para aliviar el hambre por el camino. El cansancio no propicia el apetito. Mejor esperar a la cena. Su alojamiento, sencillo, cómodo y barato le proporcionó sosiego, ducha y relax. Nada como descansar sobre una cama mullida y confortable y revisar lo acontecido desde que comenzó a caminar en Jerez con las claras del día. Durante el paseo vespertino hubo tiempo de visitar la parroquia, donde el párroco estuvo muy amable sellando la credencial. Una terraza al fresco, un buen café o copa y un buen libro son gratos compañeros en las soledades del caminante. Y luego completar las anotaciones del diario para no perder detalle de lo acontecido: el callejeo jerezano al amanecer; la venta en Guadalcacín que proporcionó buen condumio en el desayuno y tertulia con los paisanos pedáneos; el solitario y rectilíneo caminar que da tiempo para las reflexiones y los proyectos, para llamar a la familia y amigos; y finalmente, la visita a la ermita de la Virgen del Rosario por un bello parque periurbano. El cansancio se supera cuando el caminante llega a su meta final, hace parada y fonda, echa un sueño profundo y recupera el ánimo. Y de nuevo a la calle, a pasear la población, a charlar con el paisanaje, y a escuchar los acentos sevillanos de camareras, tenderos, personas que le preguntan al mochilero de dónde viene y a dónde va. La cosa es no parar y experimentar, conocer, ojos bien abiertos y oídos atentos. La cena fue suculenta: buena sopa caliente, lagartito ibérico con patatas y pimientos fritos, buen tinto lebrijano, de la tierra, y un digestivo verde para atraer el sueño en la terraza al fresco de la noche cuerveña bajo un cielo estrellado y con amarillenta luna creciente. Momentos importantes, únicos, de los que el peregrino deja constancia en su diario. A las once de la noche llegó la hora de completas y Morfeo no se hizo esperar. Sensación de plenitud.

ETAPA IV: EL CUERVO DE SEVILLA – LEBRIJA – LAS CABEZAS

«El Camino no se convierte en una maratón. Es, más bien, una prueba de humildad, determinación, desapego de las cosas materiales y, sobre todo, es la forma de encontrarse a uno mismo y a su fe en la perseverancia y la espiritualidad Y en los largos días de caminata seguían junto a mí los recuerdos inconmensurables de nuestro hijo, que, prematuramente en el año anterior, nos dejó, y, durante todo el Camino, la presencia de Dios fue Constante».

Relato «El Camino y la realidad», de Arão Rodrigues de Sousa. Brasil – 70 años

Distancia: 30 km

Tiempo estimado: 7/8 h Altitud El Cuervo: 63 m Altitud Las Cabezas: 76 m

DESCRIPCIÓN

Esta etapa tiene una localidad intermedia, Lebrija, donde se puede reposar, visitar sus monumentos, reponer fuerzas y abastecerse. Por ello se explica en dos tramos.

LA ETAPA

1.er tramo: El Cuervo de Sevilla-Lebrija: 11 km

Km 0: El peregrino abandona El Cuervo siguiendo la avenida Jerez de la Frontera por su margen derecha dirección Sevilla hasta pasar tres rotondas. En la última, y con precaución, cruzaremos la N-IV para incorporarnos al camino de las Monjas (marcado desvío). A partir de aquí hay que estar atentos a la señalización pues se transita entre fincas privadas y establecimientos comerciales.

Finalmente, se enlaza con la carretera SE-692, avenida Juan Peña el Lebrijano y rotonda dedicada a la «Caracolá Lebrijana».

Rotonda de acceso a Lebrija (Sevilla).

Se continúa por dicha avenida, rotonda, avenida José María Tomasetti, rotonda, avenida José Fernández Ruiz, Corredera y Plaza de España, donde se encuentra el ayuntamiento y se puede sellar la credencial. La salida se puede hacer por la calle Sevilla, que nos deja en la misma rotonda de entrada.

2.º tramo: Lebrija-Las Cabezas de San Juan: 19 km

Desde la plaza de España se sale en ligero ascenso por la citada calle Sevilla. Rotonda, avenida Antonio Calvo Ruiz, rotonda, y por la izquierda se desciende por el camino del Fontanal. Dejamos a la derecha el parque de San Benito, más adelante el yacimiento arqueológico El Fontanal, cruce de la carretera A-8150 y descenso a la balsa de Melendo, que se rodea por su orilla izquierda.

Lebrija (Sevilla). Al fondo, la torre-giralda de la iglesia de Santa María de la Oliva.

Ahora el paisaje cambia, se hace más atractivo, y avanzamos bordeando la lámina líquida, una bella laguna artificial que acumula agua destinada al regadío, en el tramo final del canal del Bajo Guadalquivir. Con suerte, se pueden observar aves en sus riberas.

Km 19: Después de pasar unos invernaderos, giramos a la derecha y caminaremos junto a las banquetas del canal, que de momento queda a nuestra derecha. Se atraviesa de nuevo varias veces dejándolo a derecha e izquierda.

Km 24: Se abandona el canal a la altura de unas construcciones del color de la cal, por un carril a la derecha. A la izquierda, en lontananza, vemos la población de Marismillas, perteneciente al municipio de Las Cabezas de San Juan, junto con Sacramento, San Leandro y Vetaherrado, todos pueblos de colonización ubicados en zona de marismas y regadíos, próximos al río.

Comienza una subida a un cerrito, desde el cual ya es visible la población de Las Cabezas. Luego descenso hacia la derecha y giro de 90° para enfilar por el arcén de la carretera A-471R, que nos deja en la venta El Pan. Puede ser buen sitio para reponer fuerzas, aún quedan casi cinco kilómetros.

Km 26,5: A partir de aquí, hay que extremar la precaución. Se cruza por una rotonda con mucho tráfico hacia la A-471R, que lleva a Las Cabezas. Por la avenida Pablo Iglesias se entra en un polígono comercial. Por la izquierda se ascienden las calles Lebrija y Salvador Allende y llegamos a la parroquia de San Juan, desde cuyo atrio-mirador se tiene una magnífica vista de las marismas del Guadalquivir.

Peregrinos por el canal del Bajo Guadalquivir,
entre Lebrija y Las Cabezas de San Juan.

Km 30: En ligero descenso, se llega a la plaza de la Constitución donde está el ayuntamiento local y se puede sellar la credencial. Fin de esta cuarta etapa.

ASPECTOS HISTÓRICOS Y ETNOLÓGICOS

La ciudad de Lebrija pertenece también a la comarca del Bajo Guadalquivir. Es el solar de nacimiento de Elio Antonio de Nebrija, autor de la primera *Gramática castellana* (1492). Su nombre era Antonio Martínez de Cala. Al ir a estudiar a Salamanca firmaba con su nombre y el de su pueblo de origen, Lebrija, escrito entonces *Lebrixa*. En 1481 latiniza su nombre al publicar su manual de latín *Introductiones latinae*, y se convierte en *Aelius Antonius Nebrissensis*. De esta forma homenajeaba a su pueblo, llamado *Nabrissa* en época latina. Hoy día se le cita como Antonio de Nebrija, uniendo la «n» de la forma latina con la «j» en que ha derivado el sonido de la vieja grafía «x» castellana.

Iglesia parroquial de San Juan Bautista, Las Cabezas de San Juan (Sevilla).

Lebrija también es cuna del navegante Juan Díaz de Solís, el descubridor del Río de la Plata, muerto por los nativos al desembarcar en 1516 en la costa de lo que hoy es Uruguay. Cinco años más tarde le ocurriría lo mismo a Magallanes en la isla de Mactán (actual archipiélago filipino).

La fundación de la ciudad, según distintos autores, se atribuye a los fenicios (la llamaron Lepriptza) y a los tartessos (Nabrissa). De estos últimos se han encontrado en la localidad seis timiaterios de oro llamados *Candeleros* o *Candelabros de Lebrija*, fechados en el siglo VII a. C., actualmente conservados en el Museo Arqueológico Nacional de Madrid. Se supone que en sus orígenes Nabrissa fue un puerto del *Lacus Ligustinus*, bajo cuyas aguas permanecían muchas de las tierras de marismas hoy existentes en el Bajo Guadalquivir.

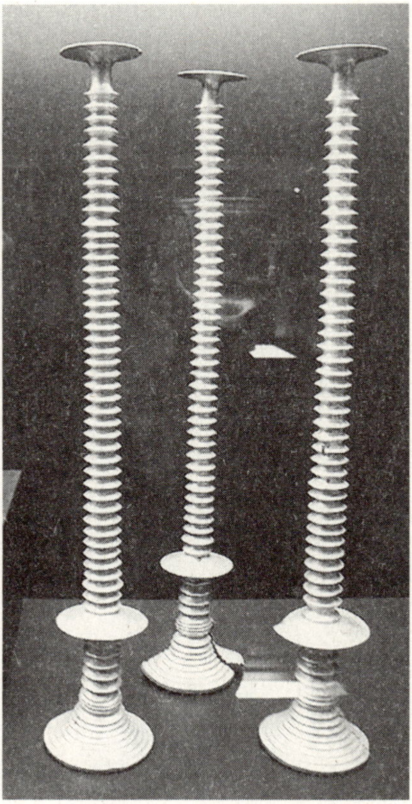

Timiaterios o candelabros de Lebrija (Sevilla), época tartésica. Museo Arqueológico Nacional.

Ofrece un importante patrimonio monumental: la iglesia Santa María de la Oliva, con su bello giraldillo e interior gótico-mudéjar; la zona del castillo con su ermita; conventos, capillas, el edificio de la antigua cilla o pósito, y la plaza del ayuntamiento, entre otros lugares.

Lebrija produce buenos mostos, vinos tintos y blancos, asimilados estos a la manzanilla, con denominación de origen propia. Son famosos sus platos de caracoles o las habas corchas, servidas con sal y frías.

Entre su calendario festivo destacan la Semana Santa y las Cruces de Mayo en las que se cantan las sevillanas corraleras al son del almirez, panderetas y palmas, con letras picarescas alusivas a temas cotidianos y tareas del campo.

Esta es la letra de una de ellas:

> «Lo tiré al pozo, mi *arma*, lo tiré al pozo. Lo tiré al pozo el clavel que me diste, olé, morena, y olé, el *clavé* que me diste, mi *arma*, lo tiré al pozo. Lo tiré al pozo, yo no quiero claveles, olé, morena, y olé; yo no quiero claveles, mi *arma*, de ningún mozo. Ay, que me pesa y el rato que lo tuve, ay, que me pesa, el rato que lo tuve en la cabeza».

La siguiente población, Las Cabezas, también forma parte de la misma comarca. Su topónimo procede de estar asentada sobre colinas o «cabezos» y el complemento, «de San Juan», a que fue tomada por la orden militar de San Juan de Jerusalén durante la Reconquista. Es recomendable visitar su iglesia parroquial de San Juan Bautista, barroca, con retablo del Cristo de la Vera Cruz, atribuido a Juan de Mesa; y divisar el horizonte de las marismas del Guadalquivir desde su atrio. El barrio que la rodea tiene cierto encanto.

En Las Cabezas tuvo lugar el pronunciamiento de Riego en 1820 proclamando y restaurando la Constitución de Cádiz de 1812, conocida como *La Pepa*, durante el Trienio Liberal. Entre las fiestas cabeceñas destacan la recreación histórica del levantamiento de Riego, la Semana Santa, la romería de San Isidro o el festival flamenco de la Yerbabuena. Está hermanada con Tineo, concejo del Principado de Asturias por donde pasa el Camino Primitivo Oviedo- Santiago.

DIARIO DEL CAMINANTE

El viajero llegó exhausto tras las cuestas finales de subida a la iglesia parroquial de Las Cabezas. Menos mal que hizo un rengue en la venta El Pan, resultó fundamental para llenar «las alforjas» con energías. Son cosas que se aprenden haciendo el camino. Donde haya venta, deténgase el caminante y «reposte». Siempre le vendrá bien, sobre todo en etapas largas, y esta lo era.

La iglesia parroquial de San Juan Bautista estaba cerrada, por lo que el peregrino no pudo visitarla ni sellar credencial. Está en la zona más alta del pueblo, sobre un «cabezo», término que da nombre a la población. Es dieciochesca, barroca, y es visible desde la autopista tanto de día como al anochecer iluminada. Su atrio es el mejor balcón de la población para asomarse a la marisma y al curso bajo del Guadalquivir; y en días claros es visible el Parque Nacional de Doñana a poniente.

Antes, en Lebrija, se demoró para visitar su monumental iglesia de Santa María de la Oliva, imprescindible conocerla y admirar su esbelto giraldillo. Data de la época de Alfonso X el Sabio, segunda mitad del siglo XIII. Sufrió los ecos del terremoto de Lisboa en 1755, por lo que su torre campanario es de finales del XVIII, e imita a la Giralda de Sevilla. El peregrino se sentó ante el retablo del altar mayor, obra del pintor y escultor Alonso Cano, a mediados del siglo XVII, contempló sus naves y arcos de herradura apuntados y los variados capiteles, románicos, góticos y almohades. Hasta tiene su coqueto patio de los Naranjos. Un bello ejemplo de sincretismo constructivo. Salió del templo contento por este inciso patrimonial en el camino. Siempre viene bien para cuerpo y espíritu.

El callejeo lebrijano finalizó en el bar «Casa Archivero», de gran solera local y con buenos fogones. Recomendable su menudo y la sangre en tomate, ofrecidas por la casa como platos imprescindibles. Son muy necesarias estas paradas por varios motivos, no solo gastronómicos: se conversa, se conoce al personal, se sella la credencial y se reciben consejos para el camino. Muy amable el señor que atendía el negocio, muy atento con el peregrino. La cuenta muy económica para la calidad y abundancia de las raciones.

Balsa de Melendo (Lebrija). Al fondo, la sierra de Grazalema (Cádiz).

El tramo por la zona de la balsa de Melendo y el canal resultó agradable, llano, cómodo, algo monótono, pero la visión del agua refrescaba la caminata. El trecho final de aproximación a Las Cabezas se hace algo pesado con las dos subidas finales: el cerrito entre olivares y el acceso al núcleo urbano. Se acumula el cansancio, y la buena refacción con sus vinos lebrijanos pasaron factura al caminante. Pero mereció la pena.

Como compensación, el alojamiento hotelero que acogió al peregrino estaba en el mismo centro de la población, donde están la iglesia de San Roque, las tiendas y los establecimientos hosteleros, todo a mano.

Tras la ducha y el descanso reparadores, una lectura encamado relaja y revitaliza. Hay que dejar al cuerpo que se recupere, darle tiempo. El caminante no tiene costumbre de ingerir fármacos, prefiere dejar que la química y las endorfinas hagan su trabajo. Lo demás lo hará una buena cena caliente. Y así fue: en un conocido mesón local, le ofrecieron unos buenos huevos fritos con patatas, chorizo y pimientos fritos, con frescas cervezas y buen tinto lebrijano. La noche invitaba a continuar disfrutando del día en una animada terraza, oyendo el acento cabeceño y observando al personal. Antes hubo tiempo de visitar la iglesia de San Roque y sellar la credencial. El viajero suele preguntar e interesarse si pasan muchos peregrinos recorriendo esta Vía Augusta y se sorprendió cuando le dijo el párroco que, en efecto, cada vez son más, tanto caminantes como bicigrinos. Buena noticia.

A las diez y media de la noche fue la retirada, solo unos pasos y la fonda cercana. Planta primera, ventana a la calle, habitación fresca. Un poco de lectura para atraer el sueño, que no se hizo esperar. Otro día pleno.

ETAPA V: LAS CABEZAS DE SAN JUAN – TRAJANO – UTRERA

«En el vigésimo día (por el camino francés) conocí a Heinrich de 84 años, de Alemania. Le dije: "Extrañas a tu esposa, ¿no?". "No", respondió. "Yo he estado orando a Dios, esperando que mi esposa fuera al cielo antes que yo, porque no quiero que sufra la amargura por la que estoy pasando ahora"».

Relato «¿Cómo estás?, Heinrich de 84 años de Alemania».
Su-Chen Tu
Taiwán

Distancia: 34 km
Tiempo estimado: 8/9 h
Altitud Las Cabezas: 76 m Altitud Utrera: 42 m

DESCRIPCIÓN

Es la etapa más larga de este camino, por suerte con población intermedia, Trajano (km 12,5), donde hay posibilidad de avituallamiento y descanso. Se puede sellar credencial en su parroquia.

LA ETAPA

Km 0: Partimos del centro de la población, la parroquia de San Roque, y se toma la avenida Jesús Nazareno hasta su finalización y enlace con la carretera SE-5208 en la rotonda denominada «Las Cabezas Orgullosa».

Ligera subida por el arcén y, después de bordear el área de servicio de la autovía «El Fantasma», pasado el km 2 de la carretera, desvío a la izquierda por carril en descenso. Se atraviesa por debajo la SE-5208. El camino va ahora paralelo a la autovía del sur y finaliza en la banqueta de un canal. Se toma por la derecha y, en quinientos metros, giro a la izquierda por carril que de nuevo se aproxima a la autovía. Se salva esta y nos incorporamos a otro carril paralelo a la vía férrea, que queda a la izquierda. A la derecha dejamos en lontananza el poblado de Sacramento.

Iglesia parroquial de San Roque, Las Cabezas de San Juan (Sevilla).

Km 10: Puente sobre la vía férrea. Hay que estar atentos a las flechas (no seguir de frente). Se sube y descendemos por la carretera SE-428 hacia el poblado de Trajano, cuya esbelta torre de iglesia es visible.

Km 12,5: Trajano, plaza Mayor, donde está la parroquia de San Pablo y se puede sellar la credencial. Buen momento para hacer un descanso. Hasta aquí se ha cubierto más de un tercio de la etapa. Hay lugares donde aprovisionarse y un parquecito con fuente, junto a la iglesia, para descansar.

Se sale de Trajano por carriles llanos y cómodos bordeando el canal del Bajo Guadalquivir. A la derecha queda ahora la vía férrea.

Km 25,5: Se cruza un puente sobre el ferrocarril y subida de frente hasta un desvío señalizado con hito que indica hacia la izquierda, enfilando ya hacia Utrera. Se pasa junto a un club de aeromodelismo, la señalización a la laguna de Zarracatín e indicación de que solo quedan 2,8 km hasta Utrera por la SE-424 (carril). Ya se ven al fondo las torres de las iglesias de Santa María de la Mesa y Santiago.

Parroquia de San Pablo, Trajano (Utrera).

Se entra en la población por la fuente de los Ocho Caños. La calle de la Resolana nos adentra en la ciudad pasando bajo el arco de la Villa. A continuación, la calle San Fernando, plaza Enrique de la Cuadra y calle Bohórquez, que nos lleva ante el atrio de la iglesia parroquial de Santiago (km 34), donde finaliza esta etapa. Se puede sellar la credencial en este hermoso templo gótico y también en la oficina de turismo cercana. Por la contigua calle Ponce de León se puede bajar a la plaza del Altozano, el corazón utrerano.

Utrera (Sevilla), puerta de acceso al callejón del Niño Perdido y a la antigua judería.

ASPECTOS HISTÓRICOS Y ETNOLÓGICOS

Trajano fue uno de los últimos poblados de colonización de la zona regable del Bajo Guadalquivir en inaugurarse. Ocurrió en 1972, cuando ya existían otras pedanías como El Trobal, Maribáñez, Chapatales, Pinzón o Marismillas. Otros poblados similares son Sacramento, San Leandro o Vetaherrado. Guadalema de los Quintero, por su parte, se había fundado mucho antes, en los primeros años de la posguerra. Todos terminaron siendo pedanías de los municipios más próximos de la comarca: Utrera, Las Cabezas de San Juan o Los Palacios y Villafranca. Su población ronda los novecientos habitantes y depende administrativamente de Utrera. Toma su nombre del emperador romano nacido en Itálica hacia el año 53 d. C. Es digna de visitarse su iglesia parroquial de San Pablo, nueva, pero amplia, luminosa y con un interesante retablo con un bello crucificado.

Iglesia parroquial de Santiago, Utrera (Sevilla).

Por su parte, Utrera ofrece un importante patrimonio que merece conocerse. Entre sus edificios religiosos están las iglesias de Santiago, Santa María de la Mesa, el santuario de La Consolación (una antigua ermita mudéjar), así como conventos y capillas varias. En cuanto a la arquitectura civil, casas-palacio, entramado urbano, plazuelas y arcos.

Por lo que respecta a su gastronomía, aparte de guisos como el cocido o los caracoles, es famosa por su repostería, especialmente sus afamados «mostachones» y las «bizcotelas». Y como en toda Andalucía, especialmente en verano, es siempre un plato saludable y recomendable el gazpacho, cuya fórmula básica se sustenta sobre agua, aceite de oliva, vinagre, sal, ajo, tomate, pimiento, pepino y pan migado, una sopa fresca nutritiva, aunque presenta variantes locales, pero con los mismos fundamentos. Se sirve frío y constituye un primer plato refrescante, especialmente para el sediento peregrino.

La iglesia parroquial de Santiago el Mayor (catalogada como bien de interés cultural) es de estilo gótico isabelino. Destaca su original veleta con el Santiago Matamoros al viento. Además, el apóstol es el patrono local. Una estatua a tamaño natural como peregrino se expone en el lado del evangelio.

A su lado, el convento de las Carmelitas Descalzas de la Purísima Concepción, en el que se puede contemplar el magnífico artesonado mudéjar de su techumbre. Finalmente, la iglesia de Santa María de la Mesa, con su monumental Puerta del Perdón, y el santuario de la Consolación, de gran devoción popular, entre los edificios religiosos.

De entre los civiles destacan el castillo, la casa Surga, la bella portada del edificio del ayuntamiento —antiguo palacio de Vistahermosa—, el pasaje del Niño Perdido, en lo que fue judería, el arco de la Villa o la fuente de los Ocho Caños. Pero lo mejor es perderse y dejarse callejear por el centro. O disfrutar sentados en la plaza del Altozano degustando la afamada y variada gastronomía y repostería local: potajes, caracoles, caldereta, cola de toro, dulces... Importante, como en toda la comarca, es su Semana Santa y el patrimonio cofrade.

Si el viajero ha madrugado en la salida de Las Cabezas, podrá disfrutar del patrimonio utrerano.

DIARIO DE CAMINANTE

El peregrino recordaba que se puede llegar a Utrera por dos rutas jacobeas. La Vía Augusta, que está recorriendo, o bien la Vía Serrana. Esta, que también la ha caminado, tiene su kilómetro 0 a orillas del Mediterráneo, en La Línea de la Concepción (Cádiz). Su itinerario lleva al caminante por poblaciones como Jimena de la Frontera, los pueblos del valle del Guadiaro en la provincia de Málaga, Ronda, la sierra norte gaditana (Setenil de las Bodegas, Torre Alháquime, Olvera), avanza por la Vía Verde de la Sierra de Cádiz y entra en Sevilla por Coripe, Montellano y Los Molares. En Utrera enlaza con la Vía Augusta, que ahora transita el viajero.

Veleta con Santiago Matamoros, iglesia parroquial de Santiago (Utrera).

Dejó huella en su recuerdo el paso por Trajano, un pueblo con apenas medio siglo de existencia, de calles rectilíneas, blancas casitas bajas, naranjos, llano, silencioso y tranquilo, con una bella parroquia de San Pablo y un párroco, el padre Fran, que atiende de forma maravillosa a los peregrinos y les sella la credencial. En la charla que mantuvimos está a favor de que haya un albergue en esta población, y no sería difícil encontrar un local apropiado. Sería sin duda un aliciente para atraer personas y facilitar la pernocta del caminante. Esta población utrerana está en un lugar idóneo y puede servir de refugio tanto en días de calor como de lluvia. En el bar local el forastero descansó y entró en charla con el personal. Una cerveza fresca en la terraza con unas buenas aceitunas bien aliñadas, conversación, anotaciones en el cuaderno y descanso a placer entre naranjos y fachadas encaladas.

Santa María de la Mesa (Utrera).

La siguiente población, Utrera, mereció la pena recorrerla con calma. Por eso el peregrino, tras el reconfortante almuerzo y necesario aseo, continuó caminando, ya sin macuto, por el centro de la ciudad. Especial recuerdo le dejó el callejón del Niño Perdido, sobre todo al atardecer, con una magnífica cruz de azulejos del siglo XVI, cerca de donde recientemente se ha descubierto la sinagoga judía, como ya sostenía el historiador local Rodrigo Caro en el siglo XVII. Es de estilo mudéjar y la única en la provincia de Sevilla. Existe otra en Andalucía similar en la ciudad de Córdoba.

En el dintel de acceso al citado callejón pueden verse dos veneras santiaguistas, importante testimonio de la vinculación utrerana con el hecho jacobeo.

El callejeo lo llevó a la parroquia de Santiago, monumental templo gótico, donde selló credencial y conversó con su animoso párroco, al que le encanta charlar y atender peregrinos.

Señalización urbana en Utrera.

Ya anocheciendo deambuló por la iglesia de Santa María de la Mesa, perfectamente iluminada, con una soberbia fachada, con arco triunfal y maravilloso relieve de la Asunción de la Virgen en el tímpano. La altura de su torre escalonada y campanario es una referencia para el peregrino cuando va acercándose por el camino desde Trajano.

La refacción, deseada y necesaria, fue en el bar Ambigú, en la plaza Enrique de la Cuadra, donde fue muy bien atendido por una joven camarera, lo cual agradece siempre el forastero. Además, estuvo muy razonable de precio la cuenta. Y sellaron credencial Un aguardiente digestivo final acompañó la actualización del diario, que estaba un poco atrasado con tantas vivencias. Conviene anotar todo cuanto antes, luego se pierden matices, detalles

La noche invitaba a un paseo relajante hasta la pensión donde el peregrino pernoctó, algo retirada del centro, pero a veces no hay otras opciones. Ya lo dice el refrán: «La comida reposada y la cena paseada», como recuerda el amigo Antonio Gómez Sanabria, que me acompañará desde Utrera hasta Sevilla. Apenas dio tiempo para más en esta interesante población cuyo patrón es el apóstol Santiago, de ahí el fervor jacobeo que se respira. Cuenta con una animosa asociación que está impulsando la mejora de la señalización en el término utrerano y su comarca, tanto de la Vía Augusta como de la Serrana.

ETAPA VI: UTRERA – ALCALÁ DE GUADAÍRA

«[ ] Tuve que aprender a ser tolerante,
humilde, silenciosa y acogedora con la gente…
Pero la culminación del Camino, acompañada
del llanto, fue entrar en la catedral y abrazar
a Santiago. Allí, todo se vino abajo, sueños,
metas ¡Agradecimiento a Santiago por mi despertar!».

Relato «Gratitud», de Rosely A.
Pedrosa Pedrosa. Brasil – 66 años

Distancia: 20 km
Tiempo estimado: 5/6 h
Altitud Utrera: 42 m
Altitud Alcalá de Guadaíra: 46 m

DESCRIPCIÓN

Penúltima jornada, sin poblaciones intermedias. Es cómoda, rectilínea y agradable de caminar, sin dificultad alguna. Esta etapa y la siguiente son compartidas con el camino jacobeo Vía Serrana (La Línea de la Concepción-Ronda-Utrera-Sevilla).

LA ETAPA

Km 0: Iniciamos la andadura desde la parroquia de Santiago, sobre cuya portada hay una imagen del Apóstol a caballo. Descendemos las calles Ruiz Gijón, Fuente Vieja y plaza de Santa Ana. Subimos por la derecha la ancha calle Corredera hasta la primera rotonda en la plaza de la Trianilla. Avanzamos por la acera izquierda y se suceden otras cuatro rotondas: monumento al toro bravo, avenida

General Giráldez, avenida Alcalde José Dorado Alé y carretera Utrera-Sevilla. En esta cruzamos a la acera derecha. A la altura de una gasolinera, un antiguo hito de piedra de la N-IV señala las distancias a Sevilla (35 km), Cádiz (126 km) y Madrid (530 km). Seguimos rectos por esta misma acera.

Arco de la Villa, Utrera (Sevilla).

Km 2: Frente a una cadena de supermercados (última rotonda) sale a la derecha la calle Progreso, donde se ven las primeras flechas amarillas. En la esquina con la calle Trabajo, hay colocado un hito de hormigón con azulejo jacobeo y flecha. Aquí comienza el Camino Viejo de Alcalá que nos llevará a esta población. A unos metros veremos una venta que abre temprano y donde atienden bien a los peregrinos, sellan la credencial y se pueden reponer fuerzas y avituallarse. Hay un azulejo jacobeo en la puerta. Ya no hay otra opción hasta el final de la etapa. Continuamos avanzando de frente por un camino solitario y tranquilo.

Km 3: Puente sobre la vía del tren. Se continúa por la carretera entre fincas privadas (urbanización Casablanca). Se obvian carriles laterales.

Km 6,5: Fin de las parcelas. Aparece el olivar. Carretera con líneas blancas limitándola, que en apenas quinientos metros se convierte definitivamente en carril de tierra entre olivos.

Km 9,5: Fin del carril. Sobre una valla metálica una señal «Vía Augusta» y flechas indicando seguir de frente por un terreno desembarazado y abierto. El carril va por el centro, se ve con claridad.

Km 15,5: Inicio subida de la cuesta Carretilla, de apenas medio kilómetro, suave y asequible. A la mitad, una fuente sin agua a la derecha (en Google Maps, Cuesta de la Fuente). La señalización ahora es más continuada.

Km 18: Camino de Oromana, pinar de la Boticaria, club de tenis La Oromana y parque infantil. Entre pinares, eucaliptos y paredes arcillosas, entramos en la ciudad por la avenida de Portugal, primera calle alcalareña. Un azulejo y flecha bajo el rótulo de esta avenida nos confirman la senda.

A la derecha, en lo alto, sobre el pinar, se divisa la ermita de San Roque (cuya visita se recomienda) y de frente ya se avista el castillo de Alcalá dominando la villa.

Km 19: Primer molino a la derecha, de nombre La Tapada. Inmediatamente el puente Jesús Nazareno sobre el Guadaíra. Lo atravesamos y al final sobre la muralla veremos azulejo y flecha. Rotonda con mucho tráfico. Monumento a la Judea de Alcalá y fuente del Perejil. Subida por escalones hasta la plaza del Perejil, luego plaza del Duque y ayuntamiento de Alcalá, donde se puede sellar la credencial. Un magnífico edificio que antes fue el hospital de San Ildefonso.

Bicigrinos por el puente de acceso a Alcalá de Guadaíra (Sevilla).

Km 20: De la misma plaza del Duque sale en subida la calle José Lafita (azulejos y flechas), que nos lleva hasta la parroquia de Santiago, cuya torre campanario veremos según subimos esta calleja escalonada, donde damos por finalizada la etapa. Conviene consultar el horario de apertura del templo para sellar credencial (normalmente por las tardes) y asistir a misa si se desea. Veremos azulejos flechas, conchas y veneras en sus fachadas.

Castillo de Alcalá de Guadaíra (Sevilla).

HISTORIA, CULTURA, PATRIMONIO, ETNOLOGÍA

Alcalá de Guadaíra tuvo fundación turdetana, como atestiguan los yacimientos arqueológicos prehistóricos y dólmenes de época calcolítica aparecidos en su término municipal y alrededores (zona de Gandul). Su nombre anterior era Hienipa, cuyo significado en griego era «agua subterránea». Este topónimo lo mantuvieron los romanos como Ordo Hienipense. Con la invasión, los musulmanes la denominaron al-Qal'at ued-xira o Qall'at Yâbir («castillo del río Ira») por la importancia de su fortaleza (en árabe, *al-qala`a* significa literalmente «el castillo»). La población está ubicada en las riberas del río Guadaíra, el *Ued* o *Wadi Ira.*

De época almohade es el castillo, que alberga dos patios de armas y once torres, dominando las riberas del río, aunque tiene posteriores reconstrucciones de época cristiana. En el año 1246 fue tomada por las huestes castellanas de Fernando III el Santo, que la recibió del rey granadino Aben Alamar. Su hijo Alfonso X le concedió carta puebla en 1280, fundándose la villa de Alcalá. Perteneció a la Casa Ducal de Arcos y, en 1444, al condado de Niebla.

La corriente romántica del siglo XIX se fijó en la villa alcalareña e inmortalizó sus riberas y molinos en la pintura y en relatos de viajeros, como podrá disfrutar el peregrino en la etapa siguiente.

La villa es rica en gentilicios. El más culto es el ya citado de «hienipense», que alude a su etimología griega. Alcalareño rinde homenaje a su pasado árabe. Pero el más coloquial y popular es el de «panadero-a», cuyo origen se debe a que era conocida como «la ciudad de los panaderos», pues surtía de este alimento básico a la capital a través del famoso «tren del pan», que salía antes del amanecer y en su recorrido llegaba hasta Carmona. Tenía vagones de pasajeros y de carga, y entre estos algunos a cielo abierto en los que entraban las caballerías cargadas con los serones llenos de pan, que luego se repartía por los barrios de Sevilla. En 1941 el tren pasó a integrarse dentro de la Red Nacional de Ferrocarriles de España (RENFE). Dejó de utilizarse para la carga de mercancías el 31 de julio de 1962, pero se mantuvo en servicio entre Sevilla y Alcalá de Guadaíra hasta 1975 como cercanías. Su trazado actual es una vía verde.

El peregrino, si madrugó y llegó temprano, podrá disfrutar del rico patrimonio hienipense: el ya mencionado castillo, la parroquia de Santiago el Mayor, la iglesia de San Sebastián, la ya citada ermita de San Roque y los molinos de la ribera del río —como el de las Aceñas—. El moderno puente del Dragón (2007) sigue el estilo modernista de azulejos multicolores del parque Güell de Barcelona, un homenaje a Gaudí. Tiene una longitud de ciento veintitrés metros. En la salida de la etapa siguiente podrá contemplarlo de cerca y caminará bajo él por la margen del río.

Como apunte final, decir que las tierras blancas o calcarenitas de los alcores donde se ubica la población proporcionan el albero con el que se alfombran los cosos taurinos, entre otras funciones, como es también su uso para la construcción.

DIARIO DEL CAMINANTE

El camino desde Utrera es cómodo, llano, agradable. Por ser una etapa corta, el peregrino se lo tomó con calma y desayunó a gusto en el centro utrerano, en la plaza del Altozano. Volvió a subir a la iglesia de Santiago y, desde su misma portada, bajo la veleta del Matamoros, inició su andadura. En la venta Raúl, pasado el polígono comercial, se detuvo de nuevo. Un segundo café y sellado de credencial.

En Alcalá hizo fonda en la Casa del Cura, un edificio antiguo acondicionado para pensión-albergue. Tiene patio central descubierto con muchas plantas y escalera a la zona superior, donde hay estancias, dormitorio para peregrinos, una amplia sala y zona al aire libre con cocina y habitaciones. Muy auténtico. Selló su credencial y conversó con el chico que la atendía, Antonio, y otros forasteros alojados.

Fundamental la ducha y el orden en la mochila. En la primera planta hay una terraza ideal para actualizar el diario. Caen unas gotas y el viajero pasó al interior. Hay chimenea, una amplia sala con mesa, aparador, espejo, piano, guitarra y una zona dedicada a peregrinos con cuatro grandes camas separadas. Esta zona compartida es más económica. Hay cocina también. Magnífica casona. El viajero toma varias fotos de recuerdo. Sobre la pared, un poema de Antonio Mairena, una bulería de 1983:

«Dichosa hora en que
conocí a Alcalá de los Panaeros,
que por su cante por soleá
hay que quitarse el sombrero».

Alcalá tiene como patrimonio más señalado sus molinos harineros y el castillo-fortaleza que da nombre a la población: *al-qalat*, «el castillo».

La tarde invitaba al descanso en la habitación, encamado y abrigado; es algo fría, planta baja y sin uso, pero confortable y muy amplia, con armario, sofá, mesita y cama de matrimonio.

Hora de la merienda. Salida a pasear. Compra de dulces: pastel de crema y tarta de manzana. Café en la terraza del bar Mateo, frente al ayuntamiento. Mucha gente por esta zona de la plaza del Duque. Hoy sale un cortejo de Reyes Magos que va al ayuntamiento a recibir las llaves de la ciudad.

Subida al castillo por la parroquia de Santiago y calle Santa María, en escalones, donde está el bello edificio modernista de la escuela de idiomas. Nos topamos con los tres reyes que bajan a caballo, vaya casualidad. Fotos. Está cayendo la tarde y el cielo del poniente es espectacular desde la zona más alta de Alcalá, la del castillo, donde está la iglesia de Nuestra Señora del Águila, entre las murallas. El castillo está en obras, pero puede verse desde fuera sin problemas. Magnífico atardecer. Visitamos la iglesia y su portal de Belén, coronado por el castillo alcalareño, detalle local.

Terraza en la plaza del Cabildo, por donde está pasando ahora la cabalgata. Masas de alcalareños ataviados con trajes de la época del nacimiento del Mesías. Terraza de la cervecería Bliss. Heladas y reparadoras cañas de Heineken mientras pasa el cortejo real. Charla interesante con los paisanos sobre la fiesta y la implicación local popular. Se percibe por la muchedumbre que se agolpa en las calles. Devoción e identidad.

La refacción fue difícil por la cantidad de personal que había por el centro, pero al final el peregrino consiguió mesa, complicado un cuatro de enero. Sorpresas en la comanda: magníficos chipirones a la plancha en una comarca del interior sevillano, exquisitos, en el bar Central. Excelente acogida del personal al que se le agradeció la disposición, y los precios El lugar fue recomendado por un amigo jacobeo local, Luis Fernando.

El atardecer invernal invitaba a seguir deambulando al agradable fresco de un anochecer andaluz. A pesar del cansancio, a veces el peregrino se crece con las sensaciones que vive en las poblaciones por las que transita.

Se invitó al sueño acompañándolo con una lectura de un poemario de don Antonio Machado. Las completas sonaron hacia las once de la noche. El peregrino piensa que estuvo bien el día desde el amanecer en Utrera.

ETAPA VII: ALCALÁ DE GUADAÍRA - SEVILLA

(La autora de este relato observa en Molinaseca —El Bierzo, León— a un peregrino estadounidense de sesenta años diagnosticado de leucemia que le cura las ampollas a una joven alemana que hacía el camino sola en memoria de su padre, que falleció antes de que comenzara su camino).

«Hacer algo bueno y aceptar algo bueno, una de las muchas tradiciones del Camino».

Relato «Mi breve experiencia conmovedora en Molinaseca», de Kathy Coulby. Canadá – 62 años

Distancia: 19 km
Tiempo: 5/6 h
Altitud Alcalá de Guadaíra: 46 m
Altitud Sevilla: 7 m

DESCRIPCIÓN

Etapa completamente llana y sin dificultades salvo estar muy atentos a la señalización en la mega urbe que es Sevilla. No obstante, si se sigue el callejero indicado en este relato, no hay pérdida en llegar a la catedral. Coincide también, como se ha dicho en la etapa anterior, con la última de la Vía Serrana. Sigue acompañándome mi amigo Antonio Gómez Sanabria.

LA ETAPA

Km 0: Comenzamos la última etapa de la Vía Augusta en la plaza del Duque alcalareña, ante el ayuntamiento. Subida a la iglesia de Santiago siguiendo las flechas y azulejos en paredes. Plaza del Derribo, izquierda en bajada por la calles Santiago y Orellana, zona del teatro-auditorio a los pies del castillo, puente del Dragón y descenso por pasarela a la margen derecha del río Guadaíra, por donde continúa el camino Pelay Correa, senda que discurre paralela al cauce.

Iglesia parroquial de Santiago, Alcalá de Guadaíra (Sevilla).

Se suceden antiguos molinos: Realaje, Pelay Correa y Cerrajas. Inmediatamente, nos topamos, a la derecha, con el Adufe, antigua factoría británica de bombeo de aguas de finales del XIX. Antes de continuar, merece la pena volver la vista atrás y contemplar el castillo y Alcalá desde otra perspectiva.

Puente del Dragón, Alcalá de Guadaíra (Sevilla).

Pelay Correa (en portugués, Paio Peres Correia), que da nombre a este camino y a un molino, fue ilustre maestre santiaguista (s. XIII) nacido en Barcelos (Portugal), cuyos restos descansan en el monasterio de Tentudía (Calera de León, Badajoz, Vía de la Plata). Participó notablemente en la toma de Sevilla, donde conquista la fortaleza de San Juan de Aznalfarache.

Km 4,5: Se pasa bajo el viaducto de la SE-40. Señales indicando «Puerta Verde de Alcalá de Guadaíra».

Km 7: Canal del Bajo Guadalquivir o de los Presos. Pasado el mismo un hito indica que quedan 4,2 km hasta la universidad Pablo Olavide, cuya torre se divisa desde aquí. En la otra margen vemos la urbanización del Real Club de Golf de Sevilla.

Km 10,5: Torre de la universidad. Camino llano entre el canal a la izquierda y la vía de tren a derecha.

Km 12,5: Fin de la senda por el canal y conexión con la carretera A-376 Sevilla-Utrera. Entramos en la zona universitaria. Desvío a la derecha paralelos a dicha carretera. En breve nos incorporaremos al carril bici, que ya no dejaremos hasta llegar a la avenida de la Paz.

Molinos del río Guadaíra en Alcalá de Guadaíra (Sevilla).

Km 13,5: Por la zona de los Jardines de Guadaíra se cruza la SE-30 por un viaducto para peatones y ciclistas y se desciende a la carretera de Su Eminencia, que se cruza de frente para seguir por la avenida de la Paz. Veremos señales jacobeas en pegatinas sobre postes de luz y señales de tráfico.

La entrada a la ciudad sigue el siguiente callejeo urbano: continuación por la citada y larga avenida de la Paz rectos; rotonda; de frente por José Saramago, glorieta Ingenieros Industriales, avenida Diego Martínez Barrio, izquierda por Ramón y Cajal, Enramadilla, rotonda avenida de la Borbolla, avenida Carlos V, Prado de San Sebastián, rotonda plaza Don Juan de Austria, calle San Fernando, Puerta de Jerez y avenida de la Constitución.

Km 19: Catedral de Sevilla, puerta de la Asunción, ante el apóstol Santiago, en hornacina de la arquivolta izquierda. Fin de la Vía Augusta, que iniciamos en la ciudad de Cádiz y comienzo del Camino Mozárabe-Vía de la Plata, que, bien por La Sanabria zamorana y Orense, o bien por Astorga nos llevará a Santiago de Compostela.

Catedral de Sevilla, puerta de la Asunción, Santiago Peregrino.

HISTORIA, CULTURA, PATRIMONIO, ETNOLOGÍA

Sevilla tiene una población cercana a los setecientos mil habitantes (censo de 2020), la cuarta del Estado español y la trigésimo segunda de la Unión Europea. Su área metropolitana concentra una población de casi un millón y medio de personas. Ciudad de interior, pero con el único puerto fluvial del país, situado a unos setenta kilómetros del océano Atlántico, en aguas del río Guadalquivir, el *Wādi al-kabīr* o «río grande», navegable desde su desembocadura en Sanlúcar de Barrameda (Cádiz) hasta esta misma ciudad.

No resulta fácil sintetizar su historia y monumentalidad so pena de incurrir en omisiones. La ciudad y su cercano *hinterland* han visto pasar culturas como las tartésico-turdetana, púnica, romana (Hispalis) y visigoda. Posteriormente, tras la invasión musulmana, fue sede de una cora y después capital de la taifa abadí con Al-Mu'támid (s. XI). Más tarde, fue corte almohade con Aben Hud hasta la conquista por Fernando III el Santo de Castilla y León en 1248, primer rey enterrado en la catedral hispalense.

Sevilla, río Guadalquivir, muelle de la sal, desde el puente Isabel II.

Con el «descubrimiento» de América (1492), Sevilla se convirtió en el centro económico del Imperio español, donde se estableció la Casa de Contratación de Indias o lonja que controlaba las mercancías que arribaban con las flotas desde el Nuevo Mundo. Durante los siglos XVI y XVII, fruto de la riqueza que llegaba a la ciudad y de su ambiente cosmopolita y multicultural con presencia de comerciantes de toda Europa, la ciudad adquirió una enorme importancia monumental, cultural y artística, especialmente en pintura (Velázquez, Murillo, Zurbarán) y escultura (Martínez Montañés). A Sevilla se la identifica con el barroco, y de ello da buena muestra la mayor parte de sus monumentos y patrimonio. Su catedral, después de la de San Pedro de Roma y la de San Pablo de Londres, es la mayor del mundo. Data del siglo XV, y en su arquitectura se combinan los estilos gótico, mudéjar y plateresco. Fue basílica visigoda y, posteriormente, la gran mezquita almohade, de la que se conserva el alminar, conocido como La Giralda, debido a la estatua de la Fe que la corona, *El Giraldillo*, una figura femenina que data de 1568, de bronce, que porta un estandarte o lábaro que hace de veleta. En ella reposan los restos de Fernando III el Santo, conquistador de Sevilla, y de Cristóbal Colón.

Iglesia jesuita San Luis de los Franceses, Sevilla.

Durante el siglo XVIII, el traslado de la Casa de Contratación a Cádiz y una epidemia de peste hicieron que perdiese casi la mitad de su población. En el siglo XIX, la llegada del ferrocarril propició el resurgimiento de la ciudad y su transformación urbana, expandiéndose hacia el este y el sur.

Ya en el siglo XX, otro hito fundamental para su transformación urbana fue la Exposición Iberoamericana de 1929, a la que siguió con la misma temática la más reciente Exposición Universal de 1992.

El peregrino-viajero puede detenerse sin prisas (y pernoctar al menos una noche) en esta gran ciudad y disfrutar con su rico patrimonio, que incluye culturas como la romana, visigoda y árabe; movimientos artísticos arquitectónicos como el racionalismo, modernismo o regionalismo historicista andaluz; estilos como el gótico, mudéjar, renacentista, barroco, neoclasicismo, romanticismo, etc. Sin ánimo de ser exhaustivos, porque daría para casi al menos una semana de visitas, una recomendación personal es la siguiente:

- —El conjunto formado por la Catedral, Giralda, Reales Alcázares y el Archivo de Indias, declarados Patrimonio de la Humanidad por la UNESCO en 1987.
- —Barrios de la Judería y de Santa Cruz.
- —Torre del Oro, torre albarrana almohade.
- —Antigua Real Fábrica de Tabacos (hoy edificio universitario).
- —Plaza de Toros de la Real Maestranza de Caballería.
- —Plaza de España, bello ejemplo del estilo regionalista andaluz, y Parque de María Luisa.
- —Ayuntamiento (fachada plateresca)
- —Palacio de Dueñas (Casa de Alba).
- —Casa Pilatos (Casa de Medinaceli).
- —Setas de Sevilla.
- —Palacio de la Condesa de Lebrija.
- —Museos: Bellas Artes, Arqueológico y de Artes y Costumbres (etnológico).
- —Iglesias: El Salvador, San Luis de los Franceses, Santa Ana, Santa Marina, San Pedro y San Esteban, Santiago; basílicas de la Macarena y Jesús del Gran Poder; Hospital de los Venerables.
- —Café del Casino.
- —Hotel Alfonso XIII.
- —Palacio de San Telmo (sede del Gobierno andaluz).
- —Puente y Barrio de Triana (en la otra margen del Guadalquivir).
- —Yacimiento romano de Itálica (Santiponce).

Pero, sobre todo, callejear la ciudad, perderse por sus vericuetos y placitas, detenerse a contemplar fachadas, estilos arquitectónicos, sus bares de porte clásico donde se pueden degustar vinos y vermús, y probar su gastronomía: el bacalao, producto muy consumido en la ciudad en cualquier época del año, especialmente en Cuaresma; o el pescado frito, que le llega, bien de Huelva, bien de Sanlúcar de Barrameda

(Cádiz). O pasear por las riberas del Guadalquivir por la zona de Triana (calle Feria) o el muelle de la Sal. Sevilla, como París, bien vale varias misas.

Museo de Bellas Artes, Sevilla.

El habla sevillana presenta una variante del dialecto andaluz con predominio del «seseo» en un territorio circundado por un uso mayoritario del «ceceo». Otras características son las propias del andaluz: yeísmo (pronunciación de la «ll» como «y»), pérdida o aspiración de -s final de sílaba y de palabra, cambio de -l al final de sílaba en -r (es decir, pronunciar la palabra «caldo» como «cardo»). Estas soluciones fonéticas dialectales de la fachada atlántica andaluza pasaron desde el siglo XVI en los barcos de las flotas primero a las islas Canarias y luego al Caribe y territorios de tierra firme. De ahí que la mayor parte se den también tanto en las islas Afortunadas como en Iberoamérica, con excepción de Brasil, que fue colonia portuguesa.

Como se ha dicho, en Sevilla comienza la Vía de la Plata-Camino Mozárabe hacia Santiago de Compostela. En su barrio de Santa Catalina está la iglesia de Santiago, originalmente gótico-mudéjar, una de las primitivas parroquias construidas tras la reconquista de la ciudad por Fernando

III el Santo (1248). Asimismo, la ciudad cuenta con una muy activa asociación jacobea que tiene bajo su responsabilidad fundamentalmente la ruta del Camino de la Plata a su paso por la provincia sevillana, así como la atención a los peregrinos.

DIARIO DEL CAMINANTE

El peregrino llegó a Sevilla antes del mediodía, la etapa desde Alcalá era corta. Tras sellar su credencial en la catedral y en la oficina de turismo, accedió al templo, donde había misa. Se detuvo unos momentos, atendió el oficio, comulgó y dio por finalizada la vertiente espiritual de su camino jacobeo, que comenzó en la ciudad de Cádiz.

Reconfortado por el final de su periplo, se dedicó a recorrer, ya sin prisas, la ciudad hispalense: calles Mateos Gago, Alemanes y García de Vinuesa. Hizo estación de penitencia en la añeja taberna Casa Morales, donde degustó un magnífico vermú acompañado de anchoas.

Sevilla es mucho Sevilla y merece ser visitada sin prisas. Siguiendo los azulejos jacobeos continuó caminando, alejándose del bullicio de las calles aledañas a la catedral. Por Jimios y Zaragoza, entre portalones abiertos que permiten asomarse a patios de ensueño, caminó hasta Reyes Católicos por donde llegó al puente de Triana o de Isabel II.

La vista de la otra orilla es espectacular: el puente, la capilla de la Virgen del Carmen, la calle Betis, el Guadalquivir. Se detuvo en la ribera del río a reposar y a ver pasar la mañana. Caminando por el muelle de la Sal, adonde llegaba este preciado condimento en candrayes desde las salinas gaditanas, se llega a la esbelta Torre del Oro, torre albarrana de época almohade (1221) que defendía el puerto y el real alcázar.

Curiosamente, forma parte del escudo de Cantabria, ya que marinos asturianos y cántabros, al servicio de la marina castellana mandada por el almirante Ramón de Bonifaz, rompieron el puente de barcas «con argollas de hierro» que unía las dos orillas. Esto fue en 1248, durante el sitio de la ciudad por el rey castellano Fernando III. La gesta ha quedado inmortalizada también en los escudos de Avilés, Comillas, Santoña y Laredo. En ellos aparecen la Torre del Oro, una nao sobre el río y una cadena rota sobre el agua.

Hotel Alfonso XIII, Sevilla.

El puente de San Telmo lleva por los jardines de Cristina de nuevo a la Puerta de Jerez y la fuente de los poetas. Conviene demorarse aquí, el peregrino lo hizo, y pudo contemplar la magnífica fachada y jardines del hotel Alfonso XIII, construido hacia 1929 para la Exposición Iberoamericana, en estilo regionalista andaluz. En 1962, en este hotel y en el edificio de la Plaza de España se rodaron algunas escenas de la película *Lawrence de Arabia* (David Lean) y en 2018 para la serie *The Crown* para Netflix. Está catalogado como bien de interés cultural desde 1998.

La hora invitaba a la refacción. En la calle Mateos Gago encontró buen figón donde probó pavías de bacalao, una delicia, con una manzanilla de Sanlúcar de Barrameda.

Por el Patio de Banderas, coqueta plaza del barrio de Santa Cruz dentro de las murallas del alcázar y en cuyo subsuelo aparecieron en 1970 restos arqueológicos de una basílica cristiana del siglo IV, el viajero continuó su visita a la ciudad, admirado por los bellos rincones de este barrio tan singular, entre callejas, placitas, zaguanes y patios porticados.

Se detuvo ante la fachada del Hospital de los Venerables, un bello edificio barroco del siglo XVII que fue residencia de sacerdotes y actualmente es sede de una fundación y del Centro Velázquez, dedicado al famoso pintor. Está en el cogollo de la ciudad: en pleno barrio de Santa Cruz, entre los jardines de Murillo, la catedral y el alcázar. El peregrino, que no tenía mucho tiempo para visitarlo con calma, pidió permiso para ver la iglesia (retablo y pinturas murales de Valdés Leal) y el patio de columnas y fuente, un magnífico exponente de la arquitectura sevillana. Exquisito edificio silencioso. Una Sevilla deliciosa con sus callejuelas, judería, la calle Agua, casas palaciegas con patios de columnas sumidos en el silencio

Aunque no le dio tiempo, el viajero recomienda visitar la Casa Pilatos (que llevaba anotada en su cuaderno de visitas; ya la conoce, bien merece saborearla de nuevo). Un palacio perteneciente a la Casa Ducal de Medinaceli donde se puede contemplar arte renacentista italiano combinado con el mudéjar español. En sí misma constituye todo un conjunto monumental que bien puede llevar horas visitarlo y recrearse en sus patios, jardines, esculturas, azulejería, pinacoteca, capillas, mobiliario, etc. Un auténtico palacio cuyo origen arranca en 1483, por iniciativa de Pedro Enríquez de Quiñones (IV Adelantado Mayor de Andalucía) y su segunda esposa, Catalina de Ribera, fundadores de la Casa de Alcalá (Casa Ducal de Alcalá de los Gazules, Cádiz).

Su nombre, Pilatos, proviene de un vía crucis que se comenzó a celebrar en la ciudad en la década de 1520 (se conservan los azulejos que representan cada una de las estaciones a lo largo del mismo). Al principio comenzó a celebrarse en el interior de la capilla dentro de la propia casa. En 1529, debido a que el número de personas para realizar la estación de penitencia había crecido, decidieron empezarla junto a la puerta del edificio en lo que vino a considerarse la primera estación, y se finalizó en el templete de la Cruz del Campo, que al parecer fue en el siglo XVI el origen de la Semana Santa sevillana. También fue escenario de películas como la citada *Lawrence de Arabia* o *El reino de los* cielos (Ridley Scott, 2005). Visita obligada.

Casa Pilatos, Sevilla.

Con las últimas luces, el viajero puso rumbo a la estación de Santa Justa donde el último convoy del día devolvió al peregrino a su ciudad, Cádiz, una vez finalizado el periplo jacobeo por la Vía Augusta y con su credencial sellada. Inolvidable y recomendable aventura por la geografía gaditana y sevillana.

3ª PARTE:
EL CAMINO JACOBEO «VÍA DEL ESTRECHO»

INTRODUCCIÓN

El camino jacobeo Vía del Estrecho tiene su inicio en el Campo de Gibraltar y finaliza en la bahía de Cádiz. Una ruta que enlaza la ciudad de Algeciras (Cádiz) con la Vía Augusta, a la que se une en el término de Puerto Real a la altura del barrio Jarana, a escasos cuatro kilómetros del centro de esta población. Discurre en su totalidad por la provincia gaditana, conectando ambas bahías. Desde la villa puertorrealeña se dirige a Sevilla para unirse a la Vía de la Plata y continuar hacia la ciudad del Apóstol.

Esta senda ha sido investigada, diseñada y señalizada por la Asociación Gaditana Jacobea «Vía Augusta» de Cádiz, cuyos trabajos comenzaron hacia el año 2010. Para mejorarla están en contacto con las instituciones municipales, provinciales y autonómicas a fin de dotarla de una señalética homogénea y acorde con la establecida por la Federación de Asociaciones del Camino.

Atraviesa tres parques naturales: del Estrecho, Alcornocales y Bahía de Cádiz. Tres ecosistemas diferentes que hacen la ruta variada y atractiva. De las costas mediterránea y atlántica a los paisajes de La Janda interior, para finalizar en las marismas de la bahía gaditana.

Está señalizada desde Algeciras hasta Puerto Real con flechas amarillas, azulejos e hitos. En Algeciras hay señalética urbana. Hay contactos con otros ayuntamientos para mejorarla en tramos urbanos. En Tahivilla existen azulejos, flechas e hitos, gracias a la implicación de su Ayuntamiento.

Además, cuenta con un novísimo albergue, la «Casa del Peregrino», magníficamente amueblado y en cuyo equipamiento ha colaborado la Asociación Gaditana Jacobea «Vía Augusta», gracias al apoyo de la asociación norteamericana American Pilgrims on the Camino. En Tarifa y Medina Sidonia la Asociación Vía Augusta está realizando gestiones con sus respectivos consistorios para que se impliquen. En Benalup-Casas Viejas está autorizada la señalización con azulejos a falta de instalarla. En el casco urbano de Puerto Real ya existe, al ser tramo compartido con la Vía Augusta.

Este Camino del Estrecho que aquí presentamos es otra vía que permite recorrer a pie la que posiblemente sea una de las rutas a Santiago más largas por la península ibérica, unos 1.325 km aproximadamente. Enlaza el confín de Europa —el extremo más meridional del continente, de España y de Andalucía— con la Vía de la Plata en Sevilla, para continuar por esta senda mozárabe hacia Santiago de Compostela. Desde Andalucía atraviesa las comunidades de Extremadura, Castilla-León y Galicia. De sur a norte por el occidente peninsular.

Una aventura jacobea, cultural y paisajística, teniendo como referencia patrimonial más destacada el yacimiento romano de *Baelo Claudia*, en la ensenada de Bolonia (Tarifa), entre otros monumentos relevantes.

Conviene recordar que desde época romana hubo vías y caminos que conectaban el estrecho con las ciudades de la Bética: Gades (Cádiz), Asido-Caesarina (Medina-Sidonia, Cádiz), Hispalis (Sevilla). El tramo de Algeciras hasta Baelo Claudia (Tarifa, Cádiz) seguiría una vía costera que continuaría hacia Medina-Sidonia, la Vía Asido, que conectaba la citada Asido-Caesarina con Carteia (San Roque, Cádiz), el fondeadero de las flotas romanas.

Asimismo, hubo mozárabes en Al-Ándalus que peregrinaron por dichas calzadas: primero a la Mérida visigótica a visitar la basílica de la mártir Santa Eulalia; y siglos después, desde el descubrimiento de la tumba del apóstol en el siglo IX, a Santiago de Compostela, recorriendo las calzadas y caminos que nos dejaron los romanos.

Esta senda completa la oferta de caminos jacobeos de la provincia gaditana, junto con la Vía Augusta (Cádiz-Sevilla) y la Vía Serrana[15] (La Línea de la Concepción-Ronda-Sevilla), en los que la Asociación Jacobea «Vía Augusta» de la ciudad de Cádiz está comprometida.

Esta narración es el resultado de haberla caminado varias veces: primeramente con el grupo de esta asociación en labores de señalización; y recientemente en solitario tomando notas y disfrutándola sin prisas, pernoctando en sus poblaciones como peregrino, que es como se conocen y se viven los caminos. En abril de 2022, desde Algeciras hasta Tahivilla; y en enero de 2023, desde esta población hasta Puerto Real (Cádiz).

Se añaden datos históricos y etnológicos, así como anotaciones del diario de las andanzas del peregrino por este camino jacobeo.

Para bicigrinos hay que tener en cuenta:

1) Segunda etapa, Tarifa-El Lentiscal (Bolonia): el tramo costero hasta la duna del Valdevaqueros y luego el pinar de la Reginosa son de arena.

2) Tercera etapa, El Lentiscal (Bolonia)-Tahivilla: a partir de la Laja de la Zarga se desciende por un sendero no ciclable en absoluto (unos 3 km). A partir del parque eólico de Tahivilla y ya hasta Puerto Real, todo el camino es apto para ciclistas.

---

15 Barea Patrón, M. (2022): *La Vía Serrana jacobea: El camino más meridional de Europa*. (ver bibliografía).

ETAPAS

La distancia de esta ruta jacobea es de unos ciento cincuenta kilómetros y está diseñada en siete etapas, pensando sobre todo en los alojamientos para el peregrino:

1.ª Algeciras-El Pelayo (en la carretera N-340):....... 18 km
2.ª El Pelayo-Tarifa:.. 18 km
3.ª Tarifa-El Lentiscal (playa de Bolonia): ....24 km
4.ª El Lentiscal (Bolonia)-Tahivilla:.........................17 km
5.ª Tahivilla-Benalup—Casas Viejas:.........................21 km
6.ª Benalup—Casas Viejas-Medina Sidonia:.............20 km
7.ª Medina Sidonia-Puerto Real: .... 30 km

Son distancias asequibles que permitirán al caminante disfrutar de las poblaciones fin de etapa y conocer su patrimonio. Solo la primera, como se dirá en su descripción, podría alargarse hasta Tarifa en caso de que no haya alojamientos en El Pelayo.

ETAPA I: ALGECIRAS – EL PELAYO (CARRETERA N-340)

«[...] que el cansancio del caminar nunca te impida pensar y preguntarte si lo importante es la meta, o quizás el encuentro con la montaña, con el río, con la dirección que perdiste».

Relato «Un mensaje del Camino de Santiago», de Rossana Laura Valsecchi. Italia – 40 años

Distancia de 18 km
Tiempo aproximado: 5/6 h
Altitud Algeciras (Plaza Alta): 46 m
Altitud El Pelayo: 280 m

DESCRIPCIÓN

Etapa con primer tramo urbano hasta la zona de Getares (Algeciras). A partir de aquí la senda se interna por caminos y pistas en subida con vistas al Estrecho y África. El tramo final para acceder a hostales y bares en la carretera N-340 (barriada El Pelayo) es también en ascenso. No hay puntos intermedios de avituallamiento. En la parroquia de La Palma de Algeciras se puede sellar la credencial (mejor en horario de tarde). En el caso de que no se encuentren alojamientos en El Pelayo, o se decida unir esta etapa con la siguiente a Tarifa, la distancia total es de unos treinta y cinco kilómetros (no hay que subir y bajar de esta barriada) y unas nueve o diez horas de andar, con continuas subidas y bajadas. Nuestra recomendación al peregrino es dividirla en dos y disfrutar del magnífico paisaje que brinda esta ruta costera. Y además llegar con tiempo a Tarifa para visitarla sin prisas. Para ello hay que asegurarse de que haya alojamientos en la barriada de El Pelayo.

Peregrinos de la Asociación «Vía Augusta» de Cádiz en el kilómetro 0 de la Vía del Estrecho, la Plaza Alta de Algeciras.

Km 0: Esta primera etapa comienza en la Plaza Alta de Algeciras, ante la iglesia parroquial de Nuestra Señora de la Palma, una de las principales señas de identidad de la ciudad. Un azulejo en su fachada marca el kilómetro cero de la Vía del Estrecho. Pasamos junto a la capilla de Nuestra Señora Virgen de Europa, conocida como «capillita de Europa».

Se desciende por las calles Muro y Ojo del Muelle, avenida Virgen del Carmen, plaza de San Hiscio, paseo de La Conferencia, plaza del Puerto y rotonda Varadero.

Por la derecha se asciende por la calle Paco de Lucía, se atraviesa el viaducto sobre la autovía y se desciende a la barriada de Los Pastores.

Izquierda: Capilla de la Virgen de Europa, Algeciras.
Derecha: Kilómetro cero de la Vía Jacobea del Estrecho en la fachada de la parroquia de La Palma, Algeciras, Plaza Alta.

Km 3,5: Venta Los Pastores. Es el único punto abierto a tempranas horas para desayunar. Luego no habrá más opciones hasta el final de la etapa en El Pelayo o en Tarifa. Se puede sellar la credencial y hay azulejo Vía del Estrecho. Se muestran muy receptivos con los peregrinos.

Desde esta venta, un paso subterráneo bajo la autovía enlaza con un carril bici y peatonal junto a la carretera Getares-Pastores a continuación de (CA-224), que lleva a la rotonda de La Aldea. Se desciende por la CA-223 entre urbanizaciones. Se atraviesa el puente de San Bernardo sobre el río Pícaro, se cambia de orilla y se llega a la carretera de Getares (CA-223) que se toma a la derecha unos pocos metros solamente.

Algeciras, señalética urbana del camino.

Km 6,5: Se abandona la carretera de Getares a la salida de esta urbanización para ascender una cuesta que lleva a Las Pantallas, por la pista militar n.º 7. Este tramo coincide con el sendero Sendero Europeo Arco Mediterráneo (en adelante lo citaremos como SAM).

Km 9,8: Por fin alcanzamos Las Pantallas (125 m), un muro de camuflaje construido en 1942 por presos republicanos en el cerro del Campanario (montes de Getares) para evitar que desde el Peñón de Gibraltar su viesen los desplazamientos de tropas españolas durante la Segunda Guerra Mundial.

Las Pantallas, pista militar entre Getares y El Pelayo (Algeciras)

Km 12,6: Seguimos subiendo hasta alcanzar el puerto del Laurel (236 m) siguiendo la traza del SAM. En una bifurcación dejamos el asfalto (que sube por la izquierda a un antiguo cuartel) y tomamos a la derecha descendiendo. Ya se ve la barriada El Pelayo sobre la carretera N-340, pero es engañosa la vista: hay que bajar y volver a subir por la vereda de la Cuesta o Marchenilla. El camino llanea y desciende.

Km 16,6: En un cruce se deja a la izquierda el sendero al cerro del Tambor, distante 4,5 km, por el que se continúa hacia Tarifa. Si el peregrino prevé pernoctar en la zona de El Pelayo, inicia aquí una subida importante de 2,5 km hasta alcanzar la carretera N-340, tramo Tarifa-Algeciras.

Atención: a partir de ahora hay que extremar mucho la precaución por el tráfico que soporta esta carretera. El paso se hace por un puente elevado siguiendo el carril hacia la derecha, sentido Algeciras. Una vez en la otra margen de esta hay establecimientos hosteleros para pernoctar. En esta zona ya hay una venta donde reponer fuerzas tras la subida. No obstante, en función de la época del año, se recomienda prever y verificar que hay lugares de parada y fonda.

Km 18: Barriada El Pelayo (término de Algeciras), situada a pie de carretera y sobre un terreno elevado, desde el que se tienen inmejorables panorámicas del estrecho, del Peñón y de la costa marroquí. Aquí finaliza esta primera etapa.

Vistas del estrecho desde El Pelayo. A la izquierda, Ceuta.

ASPECTOS HISTÓRICOS Y ETNOLÓGICOS

La costa gaditana entre la bahía de Algeciras y Tarifa es rica en yacimientos y asentamientos arqueológicos. De época púnica es el de Cala Arenas. Púnico y romano es el de Carteia (actual término de San Roque), que pasó a ser en época romana la *Colonia Libertinorum Carteia*, primera colonia latina establecida fuera de suelo itálico. Romanos son los de Portus Albus, Iulia Traducta («Iulia la transportada», actual Algeciras), Caetaria (cerca de Getares, Algeciras), Mellaria (ensenada de Valdevaqueros, Tarifa) o Baelo Claudia (El Lentiscal-Bolonia, Tarifa). Son enclaves citados por el *Itinerario Antonino* (s. III d. C.) y otras fuentes como Plinio el Viejo o Estrabón. Pomponio Mela, geógrafo hispanorromano (s. I), oriundo de Algeciras, la llamó *Tingentera*, es decir, *Tingis altera* o «la otra Tánger», porque se repobló con disidentes al Imperio romano procedentes de Tánger y Zilis (Asilah, Marruecos), «transportados» como medida de castigo. El estrecho siempre ha sido, como hoy, un cruce de caminos marítimos, donde confluían rutas comerciales procedentes de allende el Mediterráneo, y, por lo tanto, de llegada de culturas: fenicia, púnica, griega, romana, bizantina.

Tras la conquista árabe en el 712, la actual Algeciras fue refundada con el nombre de Al-Yazirat Al-Hadra («la isla verde»), la primera ciudad creada en la península ibérica por los musulmanes. Su proximidad a la costa africana la convirtió en puerta de entrada de las sucesivas invasiones y oleadas de almorávides, almohades y benimerines, y escenario de batallas navales en las que participaron galeras castellanas, genovesas, aragonesas y portuguesas, en un intento de controlar por mar el estrecho, paso necesario para culminar la Reconquista. Ello explica que Algeciras tuviera hasta tres sitios por parte de las huestes cristianas entre los siglos XIII y XIV, incluso con presencia de cruzados europeos. Alfonso XI la conquista en 1344 y se convierte en rey de Algeciras, título que se añade a otros de la Corona castellana. La ciudad fue abandonada y destruida por los nazaríes, y finalmente reconquistada durante el sitio de Gibraltar en 1462, en tiempos del monarca castellano Enrique IV.

Con la toma de Gibraltar por los británicos (1704), su bahía fue escenario de movimiento de tropas durante los sucesivos asedios a La Roca. Asimismo, acogió a la población huida del Peñón, cuando aún dependía administrativamente de la vecina ciudad de San Roque, de la que se independiza en 1755. El tramo costero entre Algeciras y Tarifa fue defendido en los siglos XVIII y XIX por tropas locales, regimiento conocido como Compañía de Escopeteros de Getares, que en 1811 derrotaron a las tropas francesas napoleónicas en Jimena de la Frontera (Cádiz).

En 1906 se celebró la famosa Conferencia Internacional de Algeciras, precedente del Protectorado sobre Marruecos repartido entre Francia (el sur) y España (el norte). El neocolonialismo en África.

Algeciras es demográficamente el segundo municipio de la provincia de Cádiz, por detrás de Jerez, y el décimo de Andalucía. El Pelayo está dentro de su término municipal, que finaliza por el oeste cercano al puerto del Bujeo, colindante con el de Tarifa. Su puerto de contenedores es actualmente el de mayor tráfico de Europa.

Está conectada por tren con Bobadilla (Granada), línea inaugurada en 1892 para enlazar su puerto con la Meseta. Fue construida por la compañía británica Algeciras-Gibraltar Railway Company. Permite la conexión con Madrid a través de una línea aún no electrificada que discurre por el valle del Guadiaro. Muy recomendable es sobre todo el paisaje entre Algeciras y Ronda, que permite disfrutar de los pueblos del valle y de esta ciudad malagueña. El tramo desde Jimena de la Frontera es compartido por la Vía Serrana Jacobea (La Línea de la Concepción-Ronda-Sevilla), cuya senda va paralela a la línea férrea.

Es interesante detenerse en su escudo municipal, que simboliza algunas claves sobre la historiografía de la ciudad. El castillo sobre ondas de mar hace referencia a la fortaleza que existió en la ciudad; la palma y la rama de olivo recuerdan que la ciudad fue conquistada por Alfonso XI un domingo de Ramos de 1344; el escudo ovalado corresponde a la ciudad por haber sido sede episcopal; y la inscripción latina *Civitas Condita Ex Lethaeo Bis Restavrata,* «Ciudad fundada sobre el olvido y dos veces reconstruida», se refiere a las dos refundaciones que ha tenido la localidad: la de Tarik en 711 y la de los exiliados gibraltareños en 1704.

De su patrimonio histórico religioso destacan la parroquia Nuestra Señora de la Palma y la capilla de Nuestra Señora de Europa (barrocas, siglo XVIII). Muy recomendable es su museo municipal, ubicado en lo que fue el Hospital de la Caridad, interesante para conocer el pasado de la ciudad.

Su territorio interior forma parte del Parque de Los Alcornocales, donde destacan senderos como el del río de la Miel, que nace en la sierra del Bujeo y lleva agua durante todo el año. Su cauce se encajona en «canutos» donde sobreviven bosques de *laurisilva* de la era terciaria con especies como el rododendro, laureles, acebuches, alisos, quejigos, palmitos, coscojas. Se puede disfrutar de este ecosistema en el «bosque de niebla», ubicado entre los términos de Tarifa, Algeciras y Los Barrios. O en el sendero de la Garganta del Capitán. Todos se benefician de la humedad permanente de las cumbres del Estrecho.

Algeciras, plaza Alta, parroquia Nuestra Señora de la Palma.

DIARIO DEL CAMINANTE

La primera vez que el peregrino recorrió este camino, pernoctó en el albergue Inturjoven de la Junta de Andalucía, en El Pelayo, con su asociación. Eso fue hace más de una década. Fue una jornada deliciosa donde atendieron de maravilla y dieron de cenar y desayunar por un precio muy adecuado al grupo de peregrinos gaditanos. Actualmente, el albergue funciona por temporadas. Está ubicado en un sitio inmejorable con unas vistas espectaculares sobre el Estrecho y la costa africana.

En su segundo periplo, optó por recorrerlo en dos tramos: Algeciras-Tahivilla, y posteriormente hasta Puerto Real. El Sábado de Pasión, 9 de abril de 2022, se trasladó en su vehículo desde Cádiz hasta Tahivilla, donde lo dejó aparcado pues era el fin previsto de su recorrido. Es importante organizar estos temas de logística. En este camino se cuenta con el autobús desde Cádiz hasta Algeciras, y desde Puerto Real tren y autobuses con las poblaciones de la bahía. Tras un ligero desayuno en la venta Apolo XI (Tahivilla), tomó el autobús a Algeciras, pasando por Facinas y Tarifa.

En Algeciras, en la plaza Alta, visitó la parroquia de La Palma, el kilómetro 0. Estaban preparados los pasos para los desfiles procesionales del Domingo de Ramos. Por la hora, no estaba el sacristán, se fue sin sellar la credencial. Fotos en el exterior, plaza y capilla de Nuestra Señora de Europa. A estas horas estaba cerrada.

Un amigo jacobeo de esta población (José Manuel Contreras, vocal de la Asociación "Vía Augusta") le recomendó pasar por la venta Los Pastores, único punto abierto a primeras horas de la mañana para caminantes, donde atienden muy bien al peregrino. El viajero, que pertenece a la Asociación Jacobea Gaditana, llevaba un azulejo de la Vía del Estrecho como donación a la venta para que lo colocasen como referencia del peregrino. Se lo entregó a Pedro, el dueño. Ya luce en su entrada.

Era la hora de reponer fuerzas, el peregrino había madrugado y quedaba mucha etapa por delante. Café y la casa invitó a un panecillo con el desayuno típico de la venta: carne mechada en salsa, exquisita, muy recomendable. Fotos de recuerdo con el azulejo y ante la venta con Pedro y José Manuel. Les agradeció su colaboración y sensibilidad con los temas jacobeos, y se despidió de ambos, los cuales le desearon *¡ultreia et suseia!*

Se echó al camino y esta vez no se detuvo en El Pelayo, continuó hasta Tarifa aprovechando que había luz hasta casi las nueve de la noche, recortando el recorrido en unos tres kilómetros. Disfrutó de las panorámicas del Estrecho y la costa marroquí en la subida al puerto del Laurel: punta Carnero, isla Cabrita y las calitas. Un desnivel de más de cien metros. Magnífico mirador. Larga fue la jornada y agradeció la parada en Los Pastores. Pero el paisaje la hizo más agradable y placentera. Los días en abril son largos y permiten caminar sin urgencias. Las vistas del Estrecho y de la costa africana recargan las pilas del viajero.

ETAPA II: EL PELAYO – TARIFA

«Desde Monte do Gozo las sendas rurales dan paso al pavimento urbano, la travesía está por concluir... Por fin la música de gaita te invita a cruzar el arco tras del cual se encuentra imponente la Plaza del Obradoiro. El momento es mágico, la mochila no pesa, los pies no duelen tu corazón se acelera, el tiempo se detiene... ¡Has llegado!».

Relato «Ansiedad», de Rodrigo García Leo. México - 64 años

Distancia: 18 km
Tiempo aproximado: 5/6 h
Altitud El Pelayo: 280 m
Altitud Tarifa: 7 m

DESCRIPCIÓN

Etapa costera muy paisajística que discurre junto al litoral mediterráneo a media ladera. El perfil engaña: aunque se descienden casi doscientos setenta metros, hay continuas subidas y bajadas salvando los barrancos que bajan de las sierras del Cabrito y del Bujeo. Es una de las razones por las que se ha dividido en dos el tramo Algeciras-Tarifa. Etapa sin posible avituallamiento. En Tarifa se puede sellar la credencial en la parroquia de San Mateo y en la oficina de turismo.

Km 0: Si el peregrino ha pernoctado en la zona de El Pelayo, bajará desde la N-340 y regresará sobre sus pasos hasta la bifurcación de la etapa anterior, justo hasta donde una señal indica el carril al Cerro del Tambor. Se toma por la derecha para enlazar con la vereda a Tarifa. Camino descendente con ligeras subidas, pero algo menos pinas que las de la etapa anterior. En el desvío al cortijo de La Hoya se abandona el término de Algeciras y se ingresa en el de Tarifa. Estamos en el Parque Natural del Estrecho.

Grupo de peregrinos de la Asociación Gaditana Jacobea «Vía Augusta» en el albergue Algeciras-Tarifa (El Pelayo).

Km 6,5: Cerro del Tambor (que dejamos a la izquierda), coronado de molinos de viento cuyo giro, cuando sopla Eolo, produce un ruido ronco. Merece la pena acercarse al cerro por las maravillosas vistas que se tienen del Estrecho de Gibraltar y África.

Cerro del Tambor, sobre el estrecho de Gibraltar.

Km 9,5: Tras un continuado descenso entre fincas y caseríos, se llega a la ensenada del río Guadalmesí o «río de las mujeres», por una zona urbanizada con chalets. Estamos a nivel del mar Mediterráneo casi donde se une al Atlántico.

Torre de Guadalmesí (Tarifa) y estrecho de Gibraltar. Al fondo a la derecha, el monte Djebel Musa; a la izquierda, el Hacho; y Ceuta entre ambos (alineada con la torre).

A continuación, viene una corta pero pina cuesta hacia la torre almenara de Guadalmesí. Hay observatorio de aves, una ubicación ideal para fotos y vistas. Enfrente, la costa africana, marroquí, y el Djebel Musa. Aquí principia la Colada de la Costa y del Camino de Algeciras, la cual nos dejará en la misma ciudad de Tarifa. Ahora vamos costeando y dando vista a los acantilados entre pastizales y vacas retintas.

Este sendero recorre los *flysch* visibles abajo a pie de acantilado, rocas formadas en el mesozoico y el cenozoico hace más de veinte millones de años, en el límite de las grandes placas tectónicas euroasiática y africana. Un espectáculo que el caminante puede contemplar desde el camino, especialmente con marea baja. A este se lo conoce como el *flysch* de Tarifa o del estrecho de Gibraltar. Este término deriva del alemán *flissen* cuyo significado es «fluir» o «deslizar».

Ensenada del río Guadalmesí, orilla europea del estrecho de Gibraltar.

Se suceden los arroyos y barrancos que bajan de la sierra del Cabrito, como el arroyo Viña, en la Colada de Viña al Provisor, zona cercana a la costa. Más adelante construcciones militares abandonadas, defensivas, búnkeres, nidos de ametralladora, algunos soterrados, camuflados.

Señalización colocada por la Junta de Andalucía en la Colada de la Costa, zona de Guadalmesí.

Km 12: Se abandona el carril y por la izquierda veremos un poste con indicación del SAM (Sendero Arco Mediterráneo), pegado al litoral. El camino serpea, sube y baja canutos de manera constante, ya advertimos que el perfil engaña. Conviene reposar y descansar. La meta está cerca y no hay prisas, el espectáculo bien merece detenerse.

Km 17: Puente de madera que salva un arroyo y dura subida, pero corta. Aquí acaba o comienza la Colada de la Costa, que nos ha acompañado durante casi nueve kilómetros desde la torre de Guadalmesí.

Al entrar en la ciudad tarifeña queda cerca la antigua iglesia de Santiago, tras la torre de los Maderos y junto a lo que fue lienzo de muralla. Una lástima su estado ruinoso actual. La Asociación «Vía Augusta» participó en un acto de reivindicación para su reconstrucción en el año 2012.

Indicaciones del Sendero Europeo Arco Mediterráneo, por donde discurren algunos tramos de etapas de este camino.

Iglesia de Santiago (Tarifa), estado actual.

En la plaza de Pomponio Mela un monumento encalado en una coqueta placita muestra en coloridos azulejos los escudos heráldicos de pueblos y ciudades del Campo de Gibraltar: Tarifa, Algeciras, Los Barrios, San Roque, Castellar, Jimena de la Frontera , y también el de la Diputación de Cádiz.

Km 18: Por las calles María Coronel, Aljaranda y Amargura se llega a la plaza de Santa María, donde está el ayuntamiento y se puede sellar la credencial. Se continúa por la bella calleja Almedina, Guzmán el Bueno, Sancho IV el Bravo y el peregrino llegará a la iglesia parroquial de San Mateo, donde finaliza la etapa. Frente a ella, en una casona muy respetable y sobre el dintel de la puerta, una cruz de Santiago en rojo sobre fondo blanco. Aquí finaliza esta segunda etapa tan costera como bella y paisajística.

Tarifa, plaza de Pomponio Mela, monumento a los municipios del Campo de Gibraltar; al fondo a la derecha, la iglesia de Santiago.

ASPECTOS HISTÓRICOS Y ETNOLÓGICOS

La punta de Tarifa o marroquí es el punto más meridional de la península ibérica y del continente europeo. Es divisoria de las aguas del mar Mediterráneo y del océano Atlántico. Solo catorce kilómetros la separan de la otra orilla. Su toponimia recuerda al árabe *Al Yazirat Tarif* o «isla de Tarifa». Este nombre le fue dado a la isla que se encuentra frente a su costa (isla de las Palomas) al ser el lugar elegido por el comandante de Tarik para el primer desembarco expedicionario en el año 710, previo a la invasión del 711.

Tarifa está unida a los primeros años del cristianismo. Uno de los siete varones apostólicos[16], San Hiscio (también Isicio o Hesiquio), tenido —al parecer, sin fundamento his-

16 Clérigos cristianos que predicaron en Hispania hacia el siglo I, ordenados por los apóstoles San Pedro y San Pablo. Llegaron a la Bética y fundaron siete sedes episcopales. En algunas versiones jacobeas se los nombra como discípulos del apóstol Santiago el Mayor, junto con los célebres Teodoro y Atanasio.

tórico— como el primer obispo de Carteya, es el patrón de Tarifa, y sus reliquias, donadas por el arzobispado de Sevilla en 1620, se conservan en un relicario de plata en la parroquia de San Mateo. Actualmente es patrón de Cazorla (Jaén), nombrado como San Isicio.

Como sucede con Algeciras, la costa tarifeña también ha sido lugar de enclaves colonizadores púnicos y romanos, pues se ubica en la ruta entre Malaka (Málaga) y Gades (Cádiz), como muestra el *Itinerario Antonino.* En concreto, en su término actual estarían Mellaria (Valdevaqueros) y Baelo Claudia (El Lentiscal-Bolonia).

Por su posición estratégica fue solar de continuas disputas de frontera entre tropas cristianas e islámicas, hasta que en 1292 la reconquista Sancho IV de Castilla (hijo de Alfonso X el Sabio). Su defensa se encomendó a Alonso Pérez de Guzmán, noble leonés fundador de la Casa Ducal de Medina- Sidonia.

En el término tarifeño tuvo lugar en 1340 la famosa batalla del Salado, que enfrentó a tropas castellano-portuguesas (comandadas por Alfonso XI de Castilla) y benimerines, que fueron derrotados, permitiendo afianzar la frontera. Entre otros efectivos cristianos estaban las huestes de Alfonso IV de Portugal, Garcilaso II de la Vega, Gil Álvarez de Albornoz, (arzobispo de Toledo); y las del infante don Juan Manuel, el autor de *El conde Lucanor,* sobrino de Alfonso X el Sabio y nieto de Fernando III el Santo. Con esta victoria, los Estados cristianos intentaron llevar la lucha por el control del estrecho al norte de África: ocupación de los portugueses del puerto magrebí de Ceuta (1415) y el de Melilla por los castellanos (1497).

En la batalla del Salado estuvieron presentes los cuatro maestres de las órdenes militares, entre ellos, Alonso Meléndez de Guzmán por la de Santiago con las tropas de Alfonso XI, además de los de Calatrava, Alcántara y San Juan de Jerusalén, esta desde el mar. Al otro lado, tras los puertos del Cabrito y Bujeo, quedaba Algeciras, que perteneció al reino nazarí por espacio de más de un siglo.

Tarifa ofrece una amplia oferta patrimonial dentro de su recinto histórico delimitado por sus murallas medievales, catalogado como bien de interés cultural y conjunto monumental. La puerta de Jerez (s. XIII), de época benimerí, da acceso a la ciudad medieval. Son destacables monumentos como el castillo de los Guzmanes, el de Santa Catalina o la isla de las Palomas; iglesias de Santa María, San Francisco o San Mateo, donde existe relieve del Apóstol Santiago y en la sacristía un cáliz con las reliquias de San Hiscio. El peregrino la visitó y selló su credencial.

Su escudo municipal incluye un castillo, que simboliza la fortaleza de la villa, y tres llaves, que aluden al refrán «La Casa de Guzmán tiene las llaves de uno y otro mar», pues los Guzmanes poseían también Gibraltar (dos mares: Mediterráneo y Atlántico). La corona simboliza su pertenencia a la Casa Ducal de Medina Sidonia. Y el lema *In Bello Estote Fortes*: «Sed fuertes en la guerra».

Pero lo más encantador es perderse por sus callejas y plazuelas sin rumbo y disfrutar de su entramado, que recuerda a la fisonomía urbana norteafricana, bereber, un laberinto para resguardarse del viento de levante. Y gozar de su gastronomía basada en pescados y mariscos, y su bien reconocida repostería. No hay tiempo para el descanso. Esta cosmopolita ciudad merece la pena disfrutarla, a pesar del viento, por la cual es muy famosa. Diríase que para Tarifa el viento es oro, riqueza.

DIARIO DEL CAMINANTE

El peregrino, como se ha dicho, dada la época del año y la claridad del día de abril, decidió recorrer las dos primeras etapas en una jornada de andar. Llegó a Tarifa sobre las seis de la tarde, a tiempo para una buena merienda degustando la afamada repostería local. Se alojó en el hospedaje Villanueva.

Tras el largo recorrido de la etapa, el viajero salió a pasear Tarifa, que tenía procesiones y buen ambiente cuaresmal. La cena fue en un restaurante italiano, pasta para reponer energías y cargar pilas para la etapa siguiente.

Plaza de San Hiscio, Tarifa (Cádiz).

Para pasear la refacción, deambuló por las coquetas placitas tarifeñas: calle San Julián, plazas de La Paz, San Hiscio y del Ángel, calle Lorito y de nuevo en la calle mayor, Sancho IV el Bravo, por donde estaba pasando la procesión de la Soledad con su banda de cornetas y tambores entre un intenso olor a incienso. Tomó fotos y vídeos. El caminante se retiró subiendo hasta la puerta de Jerez. El día había sido intenso.

Antes de las once estaba encamado y tomando las últimas notas del apretado día en su diario. No hubo tiempo para la lectura. Descanso total deseado y necesario. Gran jornada y buen arranque de la Vía del Estrecho. Hora de completas.

Silencio.

Castillo de Tarifa o de los Guzmanes y estatua del rey Sancho IV el Bravo, que ganó la ciudad en 1292.

ETAPA III: TARIFA – EL LENTISCAL (PLAYA DE BOLONIA)

«[…] Después del Camino, seguimos amigos y siempre recordaremos con cariño ese día en que un simple abrazo trajo un gran alivio y consuelo en este momento».

Relato «Un abrazo de peregrino», de
Márcia Cardoso.Brasil – 37 años

Distancia: 24 km
Tiempo aproximado: 6/7 h
Altitud Tarifa: 7 m
Altitud El Lentiscal: 10 m

DESCRIPCIÓN

Otra etapa muy variada y paisajística. Primer tramo llano a nivel del mar por las playas tarifeñas hasta la ensenada de Valdevaqueros; luego subida suave, terreno de duna y pinar por Paloma Baja hasta alcanzar la colada de La Reginosa, que da acceso a El Lentiscal (Tarifa), en la playa de Bolonia. Tiene un punto intermedio con posibilidad de aprovisionarse y descansar según la época: Valdevaqueros. No obstante, conviene ir con la mochila preparada de líquidos. En El Lentiscal se puede sellar solo en establecimientos hosteleros, no hay oficina municipal.

Km 0: La etapa comienza en la iglesia de San Mateo de Tarifa. Si está abierta, se recomienda visitarla. Ascendemos por la calle Jerez y abandonamos el recinto murado por la puerta del mismo nombre.

El camino nos lleva por la izquierda en descenso hacia la playa: avenidas de Andalucía y de Los Lances, y escaleras descendentes que nos dejan en el paseo marítimo. Hacia el este se puede ver la isla de Tarifa o de Las Palomas, con su faro. El punto más meridional del continente europeo.

Tarifa, parroquia de San Mateo.

Se camina ahora por la playa de Los Lances-Sur, junto a urbanizaciones a pie de costa. Una pasarela de madera facilita la andadura. El primer curso de agua que atravesamos es el río de la Vega. La guía son los postes y señales, ahora del sendero Arco Atlántico (en adelante, SAA), pues en Tarifa se unen Mediterráneo y Atlántico.

Km 6: Tras haber pasado por una vaquería a pie de playa, con animales pastando libremente, llegamos al histórico camping Río Jara, sobre el río del mismo nombre, el segundo de los cursos de agua que atravesaremos.

Un breve tramo de camino junto al arcén e inmediatamente nos adentramos en un pinar para llegar a la zona de aparcamientos de la playa de los Lances-Norte. Continuamos la marcha por un carril de tierra paralelo a la playa. En primer lugar, se pasa junto a las instalaciones del hotel Dos Mares.

Puerta de Jerez, Tarifa.

Km 8: Junto al muro lateral del hotel, nos adentramos en zona de pinar bajo una sombra que en tiempo soleado es de agradecer. Las flechas amarillas y postes del SAA nos indican con precisión el camino, a pesar de la dificultad de señalizar en este tipo de parajes. Por ser zona del Parque Natural del Estrecho, no está permitida la señalización con otro tipo de hitos.

Un puentecillo minúsculo y un búnker redondo tipo nido de ametralladoras, con claras y bien visibles flechas, nos llevan a una pista enlosada que baja de nuevo a la playa y desemboca en una zona de aparcamientos con escalera de madera que baja al mar. Nosotros no la tomamos, sino que avanzamos por el sendero paralelos a la costa y dirección oeste, hacia la derecha.

A continuación, pasamos por delante del club Mistral, por una zona pedregosa junto al mar. Esta parte de la etapa dependerá de la marea. Si hay pleamar y no permite el paso, es mejor avanzar cercanos a la carretera.

Km 10: Este pequeño tramo finaliza en el camping Torre de la Peña, junto a la torre almenara de la que toma el nombre el establecimiento. Luego un trozo de arcén paralelo a la N-340 y, de nuevo, alcanzamos el litoral, ahora por zona adehesada con vacadas y alambradas, por fin libre de construcciones, virgen.

Descendemos a la playa por unas escaleras de piedra que nos dejan a pie del acantilado. Al fondo vemos ya Punta Paloma, y la playa y duna de Valdevaqueros, hacia las que nos dirigimos. Restos de fortificaciones y búnkeres abandonados se suceden, incluso de alguna que otra patera o cayuco. Sobre la ensenada, a nuestra derecha, las estribaciones de la sierra de Enmedio, que se interpone entre las playas de Los Lances y Valdevaqueros. Ahora el camino es la misma orilla del mar, lo que permite caminar descalzos para aliviar los pies.

Playa de Valdevaqueros (Tarifa); al fondo, la duna de Punta Paloma.

Km 13: Ensenada y playa de Valdevaqueros, en la desembocadura del río del Valle, el cual en época de lluvias forma una bella laguna debido a que la arena de la playa impide en época de estiaje su paso hacia el mar y hay que vadearlo descalzos. Estamos en el punto intermedio de la etapa. Conviene descansar, detenerse y admirar el paisaje.

El segundo tramo se inicia ascendiendo a la carretera que sube y atraviesa la duna (A-2325) y lleva al núcleo de Paloma Baja. Un camino asfaltado flanqueado por pinar y altas dunas de arena movediza que el viento de levante arrastra haciendo que la montaña de Valdevaqueros avance, se engulla el pinar y tenga que ser despejada la carretera con máquinas de forma continuada. La subida a lo alto de la duna de la izquierda es muy recomendable por las vistas que regala.

Paisaje desde la duna de Punta Paloma (Tarifa).

Km 18: Al finalizar la carretera (restaurante El Mirlo), se da paso a un carril arenoso al principio que luego se convierte en un caminar entre pinos con terreno pesado por estar hollando la propia duna, aunque bajo la sombra de la arboleda, que ayuda bastante (pinos, enebros). Es especialmente recomendable en este tramo estar muy atentos a las flechas y postes del SAA, pues es fácil despistarse, ya que, como decíamos antes, hay pocos lugares aptos para señalizar. No obstante, la dirección siempre es oeste, y paralelos al mar, sin perder altura ni aproximarse a la playa bajando. Nos quedan unos seis kilómetros hasta el final de la etapa.

Se suceden ahora las subidas y bajadas. Es la parte más dura de la jornada. Estamos caminando por el sendero denominado colada de La Reginosa, que une El Lentiscal (Bolonia) con Paloma Baja, faldeando la Sierra de San Bartolomé por la zona conocida como El Chaparral. Se ven restos de rocas de arenisca talladas pues por aquí estaban las canteras romanas que suministraron las piedras para Baelo Claudia.

Km 18: Se pasan alambradas de cuando esta zona era militar (baterías de costa). Finalmente, nos topamos con otro búnker abandonado, salimos del bosque de pinos y junto a una alambrada se vislumbra un senderillo entre matorrales que, de forma rectilínea, nos deja en una pista de tierra flanqueada por bordillos que nos lleva hasta el poblado de El Lentiscal, en la misma playa de Bolonia.

Km 24: Fin de etapa en este núcleo costero tarifeño, frente al yacimiento romano de Baelo Claudia, todo un lujo para el caminante.

Carretera de Punta Paloma, efectos del viento de levante sobre la duna.

Yacimiento de Baelo Claudia (El Lentiscal-Bolonia). Tramo de la calzada romana costera que unía Baesippo (Barbate), Mellaria y Carteia (San Roque).

ASPECTOS HISTÓRICOS Y ETNOLÓGICOS

De obligada visita es dicho yacimiento y su centro de interpretación, pero especialmente recorrerlo y disfrutar de sus vistas junto al Atlántico. Fue importante centro de producción de salazones y *garum*[17] desde los siglos I y II d. C., aunque el asentamiento es anterior. Se conservan el *decumanus* y el *cardo maximus*, foro, restos de la basílica, ubicación de los templos, teatro, tiendas y depósitos junto a la playa para el tratamiento de pescados y factoría de salazones. Asimismo, un resto de calzada romana muy bien conservada con pavimento de losa de Tarifa que unía las dos puertas de la ciudad: la de Gades (a poniente) con la de Carteia (a levante). El yacimiento conserva los elementos más representativos de una ciudad romana. Desde 1925 fue catalogado como monumento histórico. El topónimo actual procede del primitivo bástulo-púnico Bailo (que evoluciona a

17 Escabeche, una salsa fabricada a base de vísceras de túnidos (atunes) y escombros (caballas).

Belona > Balonia > Bolonia) con el añadido del emperador romano Claudio, que le concedió el rango de municipium. De acuerdo con el Itinerario de Antonino, era la séptima mansio en el camino de Malaca a Gades.

Mapa de las rutas de Itinerario de Antonino (s. III) y del Anónimo de Rávena (s. VII). La A6 corresponde con Málaga-Cádiz y la A7 con Cádiz-Córdoba. (Foto internet)

El peregrino ha ido viendo desde que salió de Algeciras construcciones militares y búnkeres a lo largo de la línea de costa. Datan del comienzo de la Segunda Guerra Mundial. Los movimientos de tropas aliadas por el estrecho de Gibraltar alertaron a los mandos del ejército español de la época (hacia 1940) y se comenzó un sistema de defensas. Se temía una invasión aliada que instaurase la democracia en España. Para su construcción se contó con mano de obra de prisioneros republicanos (al igual que en el canal del Bajo Guadalquivir en Sevilla).

DIARIO DEL CAMINANTE

Etapa recorrida el Domingo de Ramos, 10 de abril de 2022. Acompañó al peregrino un miembro de los senderistas de Algeciras.

El caminante finalizó su etapa sobre las dos de la tarde, tras seis horas de caminar. Su alojamiento fue en un cómodo apartamento junto a la carnicería Las Eras, atendido por la señora Toñi. Como no lo tenía alquilado, no le cobró al peregrino, gran detallazo. No obstante, se dejó sobre con donativo. Y agradecido.

Búnkeres en la costa de Tarifa.

Hora del almuerzo. Sorpresa, no hay muchos restaurantes abiertos a pesar de la efeméride de hoy, inicio de Semana Santa. El de mejor pinta, Las Rejas, está a tope. El peregrino reserva para la cena, a las nueve.

Su refacción la hizo en Los Jerezanos. No hay otra alternativa a estas horas. Salón interior. No hay carta ni precios. Junto al mar pega una lubina a la plancha con guarnición y patatas, con un vino blanco. Atiende una chica que tiene por allí a su hijo y a su madre en la cocina, ambiente familiar. Descanso, chupito de yerbas y notas en diario. Momento de placer total.

Regreso al apartamento pasando por la pequeña iglesia que ha construido el obispado en El Lentiscal, un poco inapropiada y desaprovechando la parcela. La gente del lugar no está nada contenta, más bien parece un local comercial. La misa de Domingo de Ramos ha sido por la mañana; se ven ramas de olivo.

El peregrino hace la colada: cuatro calcetines, hoy se secarán con el levante. Ducha y descanso encamado. La ventana está orientada al suroeste y entra una luz que calienta la habitación y se agradece. No hay cortinas, la señora está terminando de ponerlo bonito para las vacaciones de Semana Santa. Excelente todo. Sueñecito y lectura del poemario de José Hierro *Cuaderno de Nueva York*. Actualizo en el salón el diario de estas dos primeras jornadas. Recojo el tendido, secado natural al viento del este. Dejo el sobrecito con donativo en la cocina.

El peregrino ha quedado con un amigo local, Curro, el maestro de El Lentiscal, ya jubilado. Nos vemos en La Curva, un bar tienda de alimentación donde para todo el personal de la pedanía. Conversamos sobre su biografía, su madre y su nacimiento en Alcalá del Valle (Cádiz). Ha sido maestro cuarenta años aquí en El Lentiscal, y recuerda a nuestro presidente Luis Taboada, fallecido hace unos años. Me presenta a un alumno suyo, Juan Mateo, que también tiene apartamentos para alquiler. Luego un paseíto al atardecer tomando fotos por la zona del yacimiento romano.

Sobre las nueve el peregrino recaló en el restaurante Las Rejas, con un precioso salón con chimenea y acristalado. Mesa cercana al hogar. Buen estilo y atención rápida, amabilidad de todo el personal. Pidió sopa de mariscos y media ración de croquetas variadas, de pescado y de chocos; tarta de limón, una caña y un blanco. La casa invitó a un digestivo. La cuenta fue razonable, excelente todo. Gran recuerdo. El momento invita a revisar y actualizar el diario, no hay gente esperando y se está muy bien aquí con el fuego del hogar calentando el elegante comedor.

Van a dar las once. De vuelta al apartamento. Completo el diario en el salón. Magníficos el día y la etapa, variados y con la agradable compañía del senderista de Algeciras, que ayudó al caminante por el laberinto del pinar de La Reginosa. Las bondades del camino... El peregrino piensa que es una maravilla pasar una noche en esta antigua villa romana.

ETAPA IV: EL LENTISCAL (PLAYA DE BOLONIA) - TAHIVILLA

«A trescientos metros del alojamiento un rayo en la colina frente a mí la lluvia se convierte en una inundación. Pasa un auto, salto al charco. Empapada en agua, me eché a reír. Toco el timbre y abro la puerta. Recibo un abrazo y una sonrisa del hospitalero, con un "Bienvenida, peregrina". ¡Estoy en casa!».

Relato «Bienvenida, peregrina», de María Alice Dos Santos Tristão Campos. Portugal – 48 años

Distancia: 17 km
Tiempo aproximado: 5/6 h
Altitud El Lentiscal-Bolonia: 10 m
Altitud Tahivilla: 38 m

DESCRIPCIÓN

En esta etapa nos alejamos de la costa definitivamente y nos adentramos en la Sierra de la Plata, que atravesaremos para alcanzar la comarca de La Janda interior, una planicie que nos dejará en los terrenos de la antigua laguna reconvertidos para uso agropecuario. Pasaremos por una zona de avistamiento de buitres. De nuevo el perfil altimétrico engaña: subida y bajada de vertientes. No hay puntos intermedios de avituallamiento. Zona de ganadería retinta. En Tahivilla hay albergue municipal y se puede sellar en el ayuntamiento.

Km 0: Comenzamos a caminar en dirección a la playa por carretera asfaltada hasta tomar un sendero de madera junto a una laguna playera (en función de la época tiene o no agua), bordeando la parte sur del yacimiento de Baelo.

Se cruza un puente sobre el arroyo Alpariate. Se ven los pozos para macerar el *garum*, ahora cubiertos con la arena que trae el levante.

Una pasarela de madera facilita la marcha por la duna. Al finalizar la misma se abandona por la derecha y nos internamos en un frondoso pinar en ligera subida.

Yacimiento romano de Baelo Claudia, ensenada de Bolonia, Tarifa (Cádiz).

Tras unos metros de bosquecillo de retamas y pinos, teniendo a la derecha como referencia la valla del yacimiento arqueológico, descendemos a la carretera local CA-8202, asfaltada, que sube desde el poblado de El Lentiscal hasta las cortijadas de la falda sur de la Sierra de la Plata. Estamos en el kilómetro 9 de esta carretera. El bosque es ahora de eucaliptos, pinos, lentiscos, acebuches, palmitos y matorral variado. Mucho ganado vacuno suelto, pero manso. Una delicia de paisaje.

Km 2,4: Bifurcación. A la izquierda sale una carretera que lleva a la cueva del Moro, punta de Camarinal y Zahara de los Atunes (Barbate, Cádiz), por el citado SAA, que aquí abandonamos definitivamente. Nuestra senda sube por la derecha en dirección a una quesería faldeando la Sierra de la Plata. Se suceden lugares como Molino de Carrizales, más arriba un poblado con troncos apilados y ordenados, luego El Realillo (quesería artesana ecológica), La Gloria y, finalmente, el risco conocido como Laja de la Zarga, donde existe un avistadero de aves.

Km 6,8: Mirador en el collado. Aquí conviene detenerse para contemplar el vuelo de la numerosa colonia de buitres leonados que planean y anidan sobre los riscos; o mirar el mar por última vez y otear la duna de Bolonia cubierta de pinos. Un balcón hacia la costa sobre un paisaje de tonos verdes y azules. Estamos al pie de la Laja de la Zarga, en el mirador, a doscientos veinte metros de altitud. Magnífico bosque de acebuches con soberbios ejemplares. Antes, a la izquierda, sube una pista hacia la Silla del Papa (señal roja en el pavimento) y lo que parece ser una calzada empedrada.

Hasta aquí hemos salvado un desnivel de doscientos treinta metros y recorrido casi siete kilómetros desde el inicio de etapa en El Lentiscal.

Km 7,8: Desvío del carril por la izquierda (hito rústico de piedras y flechas amarillas). Ascendemos unos metros hasta un muro separador de fincas con valla metálica, que tomamos unos metros a la izquierda entre alcornoques. A continuación, se produce el cambio de vertientes. Abandonamos la caída suroeste de la Sierra de la Plata y bajamos su vertiente noreste. Aparece el alcornocal y el bosque se hace más tupido y denso, como corresponde a su orientación.

Km 8: Cruzamos un portillo típico de nuestra provincia: un somier oxidado entre muros de piedra arenisca al pie de la Silla del Papa con flecha amarilla. A partir de aquí descenso continuado hasta el llano. Ya vemos los molinos del parque eólico, Tahivilla sobre la N-340 y al fondo hacia el norte el blanco caserío de Benalup-Casas Viejas, destino de la siguiente etapa.

Km 10: La sierra acaba en el arroyo del Acebuchal. Entre acebuches y alcornoques, un carril claro nos lleva a la finca donde pastan las reses del hierro de don Carlos Núñez. El carril se bifurca en este punto. Hay que tomar a la izquierda, paralelos a la cerca de la finca El Novillero.

Laja de la Zarga, Sierra de la Plata (Tarifa), buitre leonado.

Km 11,5: Se abandona la cañada-colada denominada La Campana. Hay un hito de la red andaluza de vías pecuarias indicando "Vía del Estrecho, colada del Almarchar", señalizando el desvío.

Por un paso a la derecha con cancela, señalizado con flechas amarillas, en apenas trescientos metros en ligero ascenso se accede a un carril. Estamos en el molino número 74, zona conocida como Las Parcelas de Tahivilla, agrícola (trigo, girasol) y ganadera (vacas retintas), en la que existe un importante parque eólico.

A poniente, a nuestra izquierda, la Sierra de Retín; al norte, al frente, las de Blanquilla y Sequillo, donde nacen las aguas que bajan al río Almodóvar; y hacia el sur vemos las antenas de la sierra de La Plata, de donde venimos.

El carril lleva a la finca "El Acebuchal" (hay permiso de la propiedad para caminantes). Las señales son flechas amarillas donde el terreno lo permite.

Km 12,5: Cerca de piedra con cancela que se pasa por un portillo a la derecha (flechas amarillas). Se suceden suaves subidas y bajadas por una pista de albero. El carril se convierte finalmente en pista de asfalto. Al fondo vemos ya la torre de la iglesia de Tahivilla.

Paisaje antes de Tahivilla (Tarifa): vacas retintas y molinos de viento.

Km 16,5: Tras una larga recta llegamos al cementerio, primera construcción que nos encontramos. Dentro hay un pozo que permite refrescarnos con el agua de la manguera. Puede ser buen lugar para descansar a la sombra, aunque el final está ya a menos de un kilómetro. Veremos flechas y azulejos Vía del Estrecho colocados por el ayuntamiento local, muy receptivo con los peregrinos.

Km 17: Por las calles tahivillenses Dehesilla, La Venta, Facinas y Agua llegamos a la plaza de la Constitución y a la iglesia consagrada a San Isidro Labrador, el patrón de la población, con monumento al colono. Aquí finaliza esta cuarta etapa. El cambio de paisaje ha sido total. Desde que abandonamos la colada de La Campana hasta el pueblo, la distancia es de unos seis kilómetros.

Parque eólico de Tahivilla (Tarifa, Cádiz).

Ayuntamiento de Tahivilla (Tarifa).

En el ayuntamiento de esta entidad local autónoma tarifeña podemos sellar la credencial. Conviene aprovisionarse para mañana y preguntar horarios de bares para desayunar.

El ayuntamiento local ha aperturado un albergue: Casa del Peregrino (calle Corrales), dotado con cuarto de baño con termo eléctrico, una litera, una cama, un sofá cama y todos los servicios (microondas, lavadora, frigorífico, calefactores, buzón de sugerencias y libro de firmas). En su acondicionamiento ha colaborado la Asociación Gaditana Jacobea «Vía Augusta».

Casa del Peregrino (Tahivilla). El alcalde con directivos de la Asociación Gaditana Jacobea «Vía Augusta» de Cádiz en la inauguración.

ASPECTOS HISTÓRICOS Y ETNOLÓGICOS

Esta etapa incluye un elemento paisajístico nuevo: la Sierra de la Plata, que toma su nombre del color grisáceo de su piedra, cuya cota más alta alcanza los 458 metros, y donde existe un *oppidum*, el yacimiento romano de la Silla del Papa, y también restos de una posible construcción paleocristiana o visigótica. Es zona de pinturas rupestres, tumbas antropomorfas, abrigos como la Cueva del Moro, e incluso se han descubierto calendarios solares con posible uso agrícola: saber cuándo sembrar y recolectar. La senda pasa por el collado donde se ubica la Laja de las Algas o de la Zarga en terminología local, un lugar privilegiado para el avistamiento de buitres leonados y del estrecho de Gibraltar. El descenso de esta sierra aleja definitivamente al caminante de la costa atlántica y lo introduce en un nuevo hábitat de campiña y ganadero.

Recientes publicaciones (que retoman anteriores investigaciones del siglo XIX) ubican la mítica batalla del Guadalete (19 al 26 de julio del 711), que significó la derrota y hundimiento del reino visigodo, en una zona comprendida entre la Janda, inmediaciones del río Almodóvar (afluente del Barbate) y las sierras que rodean la actual Facinas (término de Tarifa): Fates, Ojén, Niño y Plata. La teoría se basa en la *Crónica mozárabe* (754), texto de autor anónimo hispanogodo contemporáneo a la época en que sucedió la batalla. La crónica señala que la batalla tuvo lugar en las montañas «Transductinas». Con ello se refiere a Transducta, o sea Iulia Traducta (actual Algeciras), y a las sierras que rodean su bahía por el oeste. El historiador Sánchez Albornoz apoyó la tesis tradicional que identificaba el *Wadi Lakka* («río del lago») con el río Guadalete a su paso cerca de la despoblada ciudad hispanorromana de Lacca, siete kilómetros al sur de Arcos de la Frontera, en el lugar conocido actualmente como Junta de los Ríos Guadalete y Majaceite. No obstante, desde el siglo XIX muchos historiadores situaban la batalla entre Medina Sidonia y la laguna de la Janda, por lo que también se aludía al suceso como batalla de La Janda o del río Barbate. De confirmarse esta teoría, sucedería entre las actuales Facinas, Tahivilla y Benalup-Casas Viejas aproximadamente.

El topónimo tahivillense proviene del importante cortijo Tahivilla, ubicado sobre la cola de la entonces laguna de La Janda. En 1950 el Instituto Nacional de Colonización creó el poblado del mismo nombre en los terrenos de dehesa cercanos a la cola de la laguna por encima del humedal. Se puede ver que el trazado de sus calles es ortogonal teniendo como centro la plaza del ayuntamiento y la iglesia. Un bello pueblito blanco de casitas bajas, tranquilo, de calles con naranjos y ajardinadas. Ideal para descansar, actualizar el diario o leer si el peregrino ha echado un libro en su macuto, una buena práctica para tardes largas en poblaciones pequeñas.

De nuevo, resulta interesante indagar en los símbolos que incluyen los escudos municipales. Una paloma blanca lleva una espiga de trigo en su pico: simboliza que la población decidió tener como sobrenombre «paloma de la campiña» (quizás por su blanco caserío); el girasol es el cultivo que tiene mayor siembra en su término; el tercer cuartel muestra un agricultor arando con un buey, una alusión a la importancia agrícola del término; finalmente, tres llaves que recuerdan que Tahivilla pertenece a Tarifa, cuyo escudo también las incluye.

Su calendario festivo incluye el carnaval y sobre todo la romería de San Isidro Labrador, patrón local, que se celebra en las faldas de la sierra del Retín, y en la que el peregrino, junto con miembros de su asociación, ha participado varias veces, lo que da idea de la hospitalidad de los tahivillenses.

La gastronomía de la zona combina guisos y carnes de caza con los pescados y mariscos de la cercana costa atlántica, en especial el atún de Barbate.

DIARIO DEL CAMINANTE:

Hoy es Lunes Santo. Ha amanecido con cielos cubiertos, grises, nublados a primera hora, temperatura de 13°, ideal para caminar. A las claras el peregrino salió del apartamento Las Eras en El Lentiscal. Es aún temprano, tienda cerrada, se despedirá de la señora por teléfono. Desayuno en el hostal Bellavista. Está reformado y también atienden muy bien a caminantes. Sello de credencial, por fin. Bonito sello jacobeo con tinta roja.

El peregrino recuerda las vistas desde la Laja de la Zarga: toda la costa desde Tarifa, al frente África y abajo la duna de

Bolonia engullendo pinos. Pudo avistar buitres planeando y posándose en los escarpes de la Sierra de la Plata.

Al llegar a la llanura se detuvo a contemplar la belleza de las vacas retintas e hizo fotos de estos bellos y pacíficos animales. Una estampa muy bucólica y placentera. Más adelante, tras pasar bajo los molinos de viento, en el cementerio, el peregrino se detuvo a refrescarse y leyó las lápidas y apellidos más comunes: Perea, Valencia, Guzmán, España Las necrópolis dan información y tienen a veces sugerentes epitafios.

Al llegar a Tahivilla eran casi las dos y media de la tarde. El caminante entró en el ayuntamiento y amablemente le sellaron la credencial, primera planta, el técnico Gerardo. El señor alcalde en persona, don Diego España, esperaba al peregrino en el albergue, calle Corrales, y le entregó la llave. Saludos y agradecimientos. Pernoctará solo. El viajero tiene tiempo de asearse y ordenar su macuto. Sobre la pared pósteres de la asociación American Pilgrims, que ha contribuido con el equipamiento de esta magnífica Casa del Peregrino, coqueta pero limpia como los chorros del oro. Suficiente, un lujo que se le agradece al señor alcalde pedáneo.

Bar El Jilguero, terraza, unas cervezas y descanso, en la misma plaza. Para almorzar mejor el interior, más privado y tranquilo. Está por aquí Antonio, el maestro jubilado, quedamos para vernos luego a la hora del café. Comanda: lagartito ibérico con patatas y huevo frito, con tinto y casera. A las patatas viudas se les añadió otro huevo para rematar. La cuenta no llegó a veinte euros. Un digestivo, sosiego y descanso en la terraza, ahora soleada. Las golondrinas ponen una nota musical a la tarde.

El albergue está inundado de luz, en silencio. Momento para actualizar el diario. En la mesilla de noche hay un libro en francés *Il faut tuer Birgit Haas,* «Hay que matar a Birgit Haas», y una pequeña libretita azul con una leyenda en la portada: «Caminante no hay camino, se hace camino al andar: ¡Buen Camino!». Y dentro: «Memorias de peregrinos a su paso por Tahivilla». Tiene tres reseñas: una de J. L.

R. M. del 3 de enero de 2019; otra de Magdalena «auf dem («sobre el») Camino de Santiago», natural de Saarbrücken, Sarre (Alemania), del 15 de marzo de 2020; y la tercera de otro peregrino del 29 de julio de 2021. Como si fuera un amanuense, las copia las tres en el libro de visitas para que queden reflejadas y continúen los visitantes sus crónicas en él. Y añade la suya con agradecimientos al ayuntamiento por su voluntad jacobea.

Gran tranquilidad en este momento. Solaz, ducha caliente confortable y descanso en el sofá aprovechando la claridad natural que entra por la puerta. Lectura del poemario de José Hierro *Cuaderno de Nueva York*.

Cae la tarde, de nuevo al Jilguero. Café con Antonio, el maestro, y el vecino Juan Baquero, natural de Cádiz, cuyo padre tenía la colchonería de la calle Bilbao, ahora Nicaragua. Muy gaditano, de la época del caminante, también fue director de colegio, como Antonio. Estudió en la UNED Ciencias de la Educación, con don Lamberto, en los años ochenta. Tertulia variada y agradable. Vive junto al albergue, es vecino.

Paseo por el pueblo al atardecer, cielos grises y azulados, preciosos. Fotos nocturnas. El restaurante Apolo XI, sobre la carretera, cierra de noche. En el Jilguero solo dan tapas a estas horas: carne en tomate con botellín de cerveza. Paseo a hacer tiempo para la cena. El bar Asociación-Pizzería, calle Real, está animado. Hubo tertulia con los paisanos tahivillenses, muy hospitalarios. La cena fue ligera: un tinto y un serranito por menos de tres euros. Fotos de la plaza al anochecer.

Sobre las diez de la noche el peregrino se retiró al albergue. Diario, lectura y descanso. La noche será larga, apenas está cansado. Pero había que «catar» esta Casa del Peregrino. Al caminante le apetecía mucho.

Tahivilla (Tarifa).

Al amanecer del Martes Santo el viajero dio por finalizada esta salida por la Vía del Estrecho. Deja para otra ocasión retomarla en Tahivilla y completarla en Puerto Real. Desayunó en la venta Apolo XI la típica manteca «colorá» con zurrapa de lomo y pan moreno, y en su vehículo puso rumbo a Cádiz. Antes se desvió por un carril hasta las cercanías de la laguna de La Janda. Con las últimas lluvias hay un extenso humedal y pudo contemplar bandadas de flamencos y cigüeñas.

Magnífica la experiencia y el recorrido entre Algeciras y esta población tarifeña que lo acogerá de nuevo, posiblemente, en su romería de San Isidro Labrador en mayo.

Aprovechando unos días vacacionales entre las fiestas de Navidad, Año Nuevo y Reyes, en enero de 2023, y con permiso de la familia, el peregrino se dispuso a finalizar la Vía del Estrecho recorriendo las etapas entre Tahivilla (Tarifa) y Puerto Real (Cádiz). Tras las intensas lluvias de mediados de diciembre, llevamos semanas disfrutando de un tiempo benigno, con cielos azules y temperaturas por encima de los 10° las mínimas, ideal para caminar. Otro motivo para ponerse en camino. Seguirá en solitario tal como comenzó esta ruta en abril de 2022. En esta ocasión hará uso del transporte público: autobús y tren.

DE VUELTA AL CAMINO

El martes 2 de enero ha amanecido brumoso, húmedo, nieblas bajas, cielos cubiertos, sin lluvia. A las siete de la mañana el viajero toma el autobús de la empresa Comes, línea Cádiz-Algeciras. Se sube en la parada del hospital en la avenida de Cádiz. Precio: 10,25 euros. Cabecea un poco el sueño, aún queda una hora de noche cerrada. El convoy recoge viajeros en San Fernando, Chiclana de la Frontera, Conil de la Frontera, la Barca de Vejer y finalmente se detiene en Tahivilla, donde desciende. Aquí finalizó el primer tramo de este camino en abril de 2022.

Desayuna en la venta Apolo XI, por suerte abierta. En estos días entre fiestas y a estas horas nunca se sabe. La amable camarera, Isa, lo reconoce como peregrino por su indumentaria (mochila, bastón) y porque están familiarizándose con la visita de caminantes recorriendo esta Vía del Estrecho. Buena noticia. Estas ventas de La Janda ofrecen la posibilidad de degustar la famosa manteca «colorá» de zurrapa de lomo untada al mollete. La cuenta poco más de dos euros. El peregrino se despide y agradece la amabilidad.

Con precaución hay que cruzar la carretera N-340 para entrar en la población. Unas letras mayúsculas de colores con el nombre de TAHIVILLA dan la bienvenida al forastero. En la plaza de la Constitución está abierto el bar El Jilguero, conocido del caminante y donde almorzó cuando llegó desde El Lentiscal, que custodia las llaves del albergue municipal, La Casa del Peregrino, y se muestran muy dispuestos a atender a los caminantes jacobeos.

Como no hay población intermedia en esta quinta etapa hasta Benalup- Casas Viejas, el peregrino se toma otro cafelito y hace un poco de tertulia con los paisanos. Comentan que cada vez son más los caminantes que llegan recorriendo esta ruta y pernoctan en el albergue, especialmente extranjeros y nacionales no andaluces. Se abona la cuenta y se dan los buenos días.

Está abierto el ayuntamiento. El peregrino sube a la primera planta, donde están las oficinas. Casualmente, está allí el señor alcalde, don Diego España, al que conoce por gestiones de la Asociación «Vía Augusta» para señalizar la ruta a su paso por la población, así como de acompañar a la romería local por San Isidro Labrador con el grupo de socios (en tres ocasiones ya). Siempre se ha mostrado muy colaborador y ha conseguido señalizar con hitos la ruta y dotar a la localidad de un lugar de pernocta municipal y gratuito, algo muy importante para el caminante. Tras los saludos y felicitaciones de año nuevo, sello en la credencial y foto de recuerdo. Despedida y a comenzar a caminar, que el tiempo se echa encima, ya han pasado las nueve de la mañana.

ETAPA V: TAHIVILLA – BENALUP-CASAS VIEJAS

«[...] es una motivación escuchar "¡Buen Camino!" de extraños mientras perseveras a través del calor abrasador del sendero o deambulas por una suave niebla en el bosque de moras Lo importante no es lo rápido que recorremos el Camino, sino la afluencia gradual de serenidad y gratitud que hemos experimentado a lo largo del Camino».

Relato «Postura de gratitud», de
Uliana Bilous. Ucrania – 31 años

Distancia: 21 km
Tiempo aproximado: 6 h
Altitud Tahivilla: 38 m
Altitud Benalup-Casas Viejas: 112 m

DESCRIPCIÓN

Etapa llana hasta la entrada en Benalup-Casas Viejas, pues transcurre por lo que fue la antigua laguna de la Janda. Nuevos horizontes tras haber abandonado el litoral atlántico. Sembrados, pastizales y ganado retinto dibujan el paisaje. No hay puntos intermedios.

Km 0: La etapa se inicia en la plaza de la Constitución de Tahivilla, donde están el ayuntamiento, la parroquia de San Isidro Labrador y el monumento al colono. Por la calle Real abandonamos la población.

Grupo de peregrinos iniciando la etapa Tahivilla-
Benalup en la venta Apolo XI (carretera N-340).

Giramos a la izquierda en la calle Tarifa. Un hito nos indica descender a un camino entre la carretera (derecha) y una cerca metálica. Avanzamos unos metros (menos de un kilómetro) hasta alcanzar el arroyo del Gallego. A la derecha, sobre un pequeño puente bajo el cual pasa el cauce de dicho arroyo, veremos flechas amarillas. En este punto hay que aproximarse a la carretera y caminar por dentro del guardarraíl. Poco a poco se abre en sendero que evita caminar por el arcén de la N-340, muy transitada. Esta es la única alternativa posible para evitar caminar por fincas privadas en este primer tramo de etapa.

Avanzamos rectos junto a la carretera. Obviamos carriles que salen a la izquierda hacia cortijadas (La Manga, Tapatana). La señalización es muy clara.

Km 4,4: Cruce de la antigua venta Retín y carretera A-2227. Atención: máxima precaución, hay que atravesar la carretera nacional N-340 para tomar una pista. Hay señalización reciente. Abandonamos dicha carretera y avanzamos por un camino rural que nos acerca al Colector del Este de la zona de regadíos. Un panel informa de que estamos en La Janda, importante espacio con abundancia de aves. Suele ser común ver pasar bandadas de cigüeñas, flamencos y grullas que invernan en estos humedales. El paso de estas aves debe de ser antiquísimo, de hace milenios, pues están representadas en las pinturas rupestres del cercano Tajo de las Figuras (término de Benalup-Casas Viejas). También se ven planear buitres y águilas.

La laguna es zona de abundante avifauna: un cernícalo (falco tinnunculus)

Km 5,5: Llegamos a la ribera de este colector. El camino gira a la izquierda por una larga recta de unos seis kilómetros teniendo ahora el canal a la derecha. El paisaje es espectacular, con el agua refrescando la vista del caminante. Hacia el norte vemos las sierras de Los Alcornocales, como la de la Momia, que cuentan con abundantes abrigos, tumbas antropomorfas y pinturas rupestres. En ellas se encuentran las ruinas del monasterio franciscano de San José de El Cuervo (no visitable).

Estamos transitando por lo que fue la laguna de La Janda, citada en los libros de geografía escolar de los años sesenta, situada entre los términos de Tarifa, Benalup y Vejer de la Frontera, provincia de Cádiz, en la cuenca del río Barbate.

Km 11,2 Se atraviesa el canal. Veremos una señal indicando hacia la antigua laguna de la Janda (5,8 km) y Facinas (24,1 km). Avanzamos teniendo ahora el canal intercolector a la izquierda.

Km 13: Puente sobre el canal secundario de la antigua laguna. Viejas señales oxidadas: a la presa del Celemín (7 km) y a Cádiz (67 km). Ascendemos una leve cuesta que pasa junto a la finca Majadaverde y más adelante el cortijo Los Charcones.

Km 18,5: Se enlaza con la Cañada Real de Algeciras, Tarifa y Medina Sidonia que viene de Facinas. Tomamos a la izquierda e inmediatamente se cruza el río Celemín que baja de la presa del mismo nombre, en el camino de Benalup a Casas del Castaño, una zona bella y recóndita de la geografía gaditana.

Km 18,8: A la derecha sale una carretera que lleva a la presa del Celemín. Nuestra senda avanza de frente. A continuación, a la derecha dejamos la finca Rehuelga.

Río Barbate, antes de llegar a Benalup-Casas Viejas

Km 21,2: Se atraviesa el puente sobre el río Barbate, que viene del pantano del Celemín y baja hacia La Barca de Vejer. Sus primeras fuentes están en la sierra del Aljibe, a 920 m de altitud, en la garganta de Puerto Oscuro (Alcalá de los Gazules), y desemboca en un amplio estuario en la población costera gaditana del mismo nombre.

Ya se divisa Benalup-Casas Viejas al fondo, sobre una colina, con su blanco caserío, entre un paisaje verde en el que destaca el color ocre del ladrillo de su parroquia del Socorro.

Paisaje del Colector del Este

Km 22,5: Veremos unas naves a la izquierda. En este punto se abandona el camino que llevamos y giramos a la izquierda por una pista que asciende a Benalup-Casas Viejas, camino denominado de Los Valencianos o cañada de Las Higueras.

Km 23: Se accede a la primera calle, La Torre, que tomamos a la derecha. Tendremos excelentes vistas del valle de la antigua laguna de La Janda, de las sierras de Los Alcornocales y de la blanca Tahivilla, de donde hemos partido en esta etapa.

Avanzamos por las calles Benalup, Independencia, plaza Ntra. Sra. del Socorro, izquierda por San Juan, plaza de la Revolución de enero de 1933 (donde está la fuente del Pijo), acera de la carretera A-2228, paseo de La Janda, rotonda, y por la derecha, calle Orativa, llegamos al ayuntamiento benalupense donde finaliza la etapa.

Benalup-Casas Viejas, parroquia Nuestra Señora del Socorro.

Km 26: Concluye la quinta etapa que hemos comenzado en Tahivilla. En el consistorio local podemos sellar la credencial. Se muestran muy atentos con el peregrino.

Pinturas rupestres del Tajo de las Figuras, calco de Henri Breuil (1929): cérvidos y grullas (foto tomada en el Centro de Interpretación de Benalup-Casas Viejas)

ASPECTOS HISTÓRICOS Y ETNOLÓGICOS

Inicialmente, fue Casas Viejas, luego Benalup, hasta 1998 Benalup de Sidonia y actualmente Benalup-Casas Viejas. La historia de la población se refleja en su toponimia. Ben Alup aludiría a su pasado árabe, el nombre de una torre localizada en su término datada en el siglo IX. Dependió de Medina Sidonia hasta el año 1991.

Las pinturas del Tajo de las Figuras (declaradas monumento arquitectónico del arte rupestre) son una excelente muestra del arte parietal sureño. Se trata de un abrigo donde hay representadas aves, cuadrúpedos y antropomorfos, datadas entre el Neolítico y el Calcolítico. Entre las figuras se intuyen grullas y el *Ibis eremita*, especies que aún siguen invernando por la zona. Dentro de este arte sureño de las provincias de Cádiz y Málaga están también las cuevas de Nerja, Ardales y Las Piletas (Benaoján), todas en la provincia de Málaga; y Bacinete (Los Barrios), Laja Alta (Jimena de la Frontera) y del Moro (Tarifa), en la de Cádiz.

Con Alfonso X el Sabio Benalup pasó a la Corona de Castilla y sus tierras al concejo de Medina Sidonia. Su identidad tiene como referencia más contemporánea los trágicos sucesos de Casas Viejas, acaecidos durante la Segunda República (1933), que han dado origen a un centro de interpretación catalogado como «sitio histórico». Su patrimonio incluye también la parroquia de Nuestra Señora del Socorro y el centro de interpretación del Cádiz Prehistórico.

El escudo municipal benalupense muestra un cuervo con un pan en el pico posado sobre una torre. El cuervo es el símbolo del profeta hebreo Elías (s. IX a. C.), patrón local. La Biblia (Reyes, 17) cuenta que un cuervo le llevaba todos los días una onza de pan a su retiro. El culto a este santo procede del monasterio carmelita que existió en la garganta del Cuervo, en la sierra Blanquilla (parque de Los Alcornocales, actual término de Medina-Sidonia), construido entre los siglos XVIII y XIX, cerrado en 1835 a consecuencia de la desamortización de Mendizábal. Este profeta ha sido muy importante en la devoción de esta orden descalza por su retiro espiritual al monte Carmelo. La torre del escudo representa la Torre de la Morita, de la que procede el topónimo Ben Alup.

Los terrenos donde se asienta la población propician una gastronomía basada en la caza (mayor y menor), así como espárragos, tagarninas y setas del parque de Los Alcornocales.

DIARIO DEL CAMINANTE

Martes 2 de enero de 2023. El peregrino, que desayunó en Tahivilla a las ocho y media de la mañana, tiene hambre. Es hora de la refacción. En el restaurante-hotel Las Grullas (resuena este nombre por todas partes) lo atienden en mesa junto a una ventana que proporciona una luz cálida y útil para actualizar el diario mientras degusta una bien helada cerveza. La casa ofrece menú: ensalada con atún, alubias pintas con chorizo y pescado frito, unas acedías bien frescas, con una copa de blanco verdejo. Comida exquisita y casera. La cuenta no llegó a quince euros, magnífico todo.

El viajero ha reservado fonda en el hotel Posada de Casas Viejas, donde tienen detalles con el peregrino: 33 euros por una habitación amplia individual con baño, en la primera planta, alrededor de un patio soleado con macetas, la número 4. Se abona la cuenta y sello de credencial. Estancia amplia, confortable, acogedora por no estar en planta baja. Ducha supercaliente. Más que suficiente para el jacobita. Descanso encamado. Apetecible siesta dado que hoy ha habido madrugón para tomar el bus en Cádiz a las siete de la mañana.

Van a dar las cinco de un día de enero. Paseo para aprovechar los últimos rayos de luz. Por la plaza del Socorro el caminante se llegó al Centro de Interpretación de los Sucesos de Casas Viejas, acaecidos en enero de 1933. Está cerrado. Hay paneles con fotos tomadas unos días después, como la de la choza de Seisdedos, o de la visita de autoridades. Cerca está el hotel Utopía, pero cerrado también. Existe en esta población el centro de interpretación Cádiz Prehistórico, pero hoy está también cerrado. No hubo suerte , otra vez será. Se comprende, son días festivos y los esfuerzos municipales están en otros frentes. El peregrino lo comprende todo.

En la terraza del bar El Pajarito se aposentó, tomó café, actualizó notas y disfrutó de la tarde, con una temperatura de 12º. Dado que poco más puede hacer el viajero hasta la hora de la cena, decide con buen tino refugiarse en su posada a leer un poco. Se ha traído el libro *Peregrinatio*, de Matilde Asensi, regalo navideño del amigo Antonio Gómez Sanabria, compañero de caminos, una historia novelada sobre la vía a Compostela ubicada en el siglo XIV: templarios, sanjuanistas y leyendas del camino. Muy apropiada para los menesteres que trae el peregrino.

Pasadas las ocho de la tarde, bien abrigado, el caminante sale de su refugio bajo una noche apacible con luna creciente en el este y cielos límpidos. Es visible Júpiter ahora en el cénit comenzando a caer hacia el oeste. Vuelve al mismo lugar donde le dieron de almorzar, Las Grullas.

Una cerveza acompañó lo que la cocina ofrece de noche a los pocos que concurríamos en las mesas junto a la barra: cuña de tortilla de patatas, tomate aliñado con atún y carne en salsa. El viajero cree que es mucho para la cena y rehúsa el plato de carne antes de tocarlo, no le gusta dejar comida, es de mal gusto. Una fría cerveza y dos tintos ayudaron a bajar las viandas. La cuenta: 14 euros. Se dejó propina, se dieron las buenas noches y se preguntó la hora de apertura para el desayuno de mañana. Se convino con el señor que sobre las nueve se volvería para el café.

Diez de la noche, calles vacías por el paseo de La Janda, cielo estrellado, luna refulgente y temperatura agradable. Último recorrido a ver las sierras de Los Alcornocales iluminadas. por la blanca luz lunar y a la posada. Son los regalos inesperados del camino.

Son las diez y media de la noche. Completas por hoy. Día intenso, variado, tranquilo. Lectura encamado. El sueño no se hizo esperar.

ETAPA VI: BENALUP-CASAS VIEJAS – MEDINA SIDONIA

«[...] El sabio dijo que "el secreto de la felicidad está en la libertad, y el de la libertad en el coraje". Libre para caminar con el sol, la lluvia, el viento, el frío y la oscuridad, al oeste, al horizonte o al atardecer. Estaba liviano cuando llegué y lloré en la Plaza del Obradoiro».

Relato «El descubrimiento de la libertad en la peregrinación», de María de Lourdes Nascimiento. Brasil – 83 años

Distancia: 20 km
Tiempo aproximado: 5/6 h
Altitud Benalup-Casas Viejas: 112 m
Altitud Medina Sidonia: 305 m

Benalup-Casas Viejas.

DESCRIPCIÓN

Etapa cómoda hasta el último kilómetro. Los cinco primeros son llanos. Luego hay un suave descenso hasta Los Badalejos (km 7 de etapa), donde hay ventas para avituallarse y descansar. Sigue un tramo llano hasta la subida final a la ciudad asidonense. Conviene llevar líquidos para el ascenso. En Medina Sidonia se puede sellar en la oficina de turismo y por las tardes en la parroquia de Santiago.

Rotonda en el acceso a Benalup-Casas Viejas

Km 0: Se parte de la rotonda donde confluyen las carreteras A-2225 y A- 2228, que van a Medina-Sidonia y Vejer, respectivamente. Nuestro camino nos lleva paralelos a la segunda, pasando por el teatro municipal hasta alcanzar una rotonda. A la derecha comienza la pista que nos llevará a San José de Malcocinado, Los Badalejos y Medina Sidonia. Vemos la primera flecha tras una señal de tráfico al comienzo de dicha pista, a la izquierda. Hasta aquí habremos recorrido un kilómetro. Recientemente, la Junta de Andalucía ha colocado señales verticales en los tramos de etapas que coinciden con vías pecuarias indicando «Vía del Estrecho». En esta se indica que se camina por la Cañada de la Mesa.

Caminamos entre acebuches, lentiscos, palmitos y pinos. Pista llana y cómoda. Estamos en la comarca de La Janda interior, tierras de abundante caza menor.

Km 5,5: San José de Malcocinado, pedanía de Medina Sidonia. Aquí hubo importante yeguada militar. Naranjos y limoneros, acebuches cuajados de aceitunas. Enormes pinos dan sombra al caserío, cuya entrada muestra su nombre en la portada blanca de forma majestuosa. A la izquierda dejamos la ermita de San Fermín, santo que da nombre a este tramo de carretera.

La senda discurre ahora paralela a la carretera A-2225 que une Benalup con Medina, junto a viviendas por la calle Molinos de Benalup. Por un andadero con valla de seguridad se desciende al siguiente núcleo rural, Los Badalejos, también dependiente del municipio asidonense

Km 7,2: Llegamos a Los Badalejos, otra pedanía «meinata» famosa por sus ventorros. Única oportunidad de hacer un «rengue» en alguna de sus afamadas ventas, sobre cuyas paredes podremos disfrutar de bellas cabezas de toros, negros zaínos y ensabanaos. Por ejemplo, en la famosa venta El Soldao.

Por la calle Padrón (de resonancias jacobeas, pero en este caso el nombre puede que aluda a cuestiones administrativas) reiniciamos la marcha hasta abandonar el caserío. Salimos a un andadero junto a una acequia flanqueado de árboles que finaliza cruzando un arroyo. Hay que cruzar la carretera A-2225, y enlazamos con una pista que se une más adelante al corredor Dos Bahías. Las flechas amarillas están estratégicamente colocadas. Esta zona suele estar encharcada en época de lluvias (arroyo de Villanueva). Veremos otra señalización vertical de la Vía del Estrecho.

Camino llano y cómodo. Vemos al fondo el monte sobre el que se asienta Medina Sidonia, la Asido Caesarina romana, con su castillo. A la izquierda, lomas en el camino a Vejer, hacia Los Naveros.

Primer puente «lomo de burro» de tres ojos (Medina-Sidonia, Cádiz).

Km 9,8: Se enlaza con el sendero Corredor Verde Dos Bahías, que nos llevará sin pérdida alguna hasta las faldas de Medina Sidonia. El camino es llano, cómodo, a la izquierda se ve la carretera A-396 Medina-Vejer.

Km 10,2: Se cruza un ancho carril. Nuestra senda sigue de frente por el camino más estrecho.

Km 13,4: Pasada la entrada a la finca El Yeso (derecha), alcanzamos el primero de los dos puentes «lomo de burro» que salva el arroyo del Yeso, denominado «de los tres ojos». Maravillosas construcciones que aún se mantienen robustas, buena fábrica.

Continuamos la marcha. Nos vamos acercando a Medina Sidonia. Se suceden ahora la entrada a la finca Cantora y, más adelante, a la derecha sobre un cerro, los restos del castillo de Torrestrella (s. XIII), propiedad que fue de la familia Domecq y Díez, donde pastan famosos y bravos toros de la ganadería de «Torrestrella», en la finca Los Alburejos.

Km 14,5: Atravesamos otro puente con las mismas características, este de un solo vano por nombre «de la Hoya», y que salva el arroyo de las Golondrinas. Un ramal a la derecha: «Padrón de la Lebrera» junto a un cortijo con bellas palmeras, de aire oriental.

Peregrinos por el puente de la Hoya, al fondo Medina-Sidonia.

Km 16: Nuestra senda pasa por debajo de la carretera A-396, a la altura del kilómetro 9, y se dirige a las instalaciones de una empresa agraria. Bifurcación: tomamos a la izquierda por el corredor verde Dos Bahías, carril denominado Padrón de la Boca de la Pila, que se acerca a la carretera A-2235. Veremos un hito de vía pecuaria de la Junta de Andalucía indicando "Vía del Estrecho–Cañada Real de Algeciras".

Más adelante otro hito idéntico indica abandonar el carril por la derecha y cruzar la A-2235. Hay indicación clara. Llegaremos a lo que fue carretera y ahora es asfalto degradado. Tomamos hacia la izquierda siguiendo las flechas. Ahora la citada carretera queda a la izquierda. Avanzamos casi un kilómetro, teniendo la ciudad arriba a la derecha, y llegaremos al blanco caserío de la ermita de los Santos Mártires.

Medina Sidonia antes de la subida por la ermita de los Santos Mártires

A la altura de un establecimiento hostelero, el carril se convierte en senderillo que hay que continuar de frente hasta confluir con el cruce de la carretera a Los Naveros (CA-5201). Estamos a cien metros de altitud y la plaza del ayuntamiento de la ciudad, a trescientos cinco metros. Pero el final está ya cerca.

Km 18,6: Ermita de los Santos Mártires. Solo quedan 1,4 km de etapa. De ella parte la subida final a Medina Sidonia por el camino del cementerio. Este tramo final es exigente, hay que tomarlo con calma. Una vez llegados a la entrada del camposanto subimos por la derecha por la calle Vejer. Entramos en el caserío urbano de la ciudad. Llegaremos a la plaza de la Cruz, donde hay crucero y tenemos un magnífico mirador sobre la campiña hacia el sur. Buen momento para reponerse de la subida.

Por la derecha, calle Pablo Iglesias y plaza de la Libertad, accedemos a la plaza de España bajo un arco abovedado, conocido localmente como arco del cañón.

Km 20: Plaza de España, fin de la etapa. En el ático de la fachada del ayuntamiento podemos ver el escudo municipal en piedra, con un Santiago Matamoros a caballo, el cual figura también en el blasón de la ciudad.

Santiago caballero o *Miles Christi* en el escudo del ayuntamiento asidonense.

Plaza de España de Medina-Sidonia, peregrinos finalizando la etapa.

ASPECTOS HISTÓRICOS Y ETNOLÓGICOS

Medina-Sidonia tiene una rica historia y está declarada conjunto histórico- artístico. Asimismo, en su colina u *oppidum* (339 m) se han encontrado huellas tartésicas, romanas, visigóticas e islámicas. Todo ello puede disfrutarse en su importante museo arqueológico, que incluye visita a las cloacas romanas y a un trozo de calzada también romana, posiblemente de la Vía Asido que unía Hispalis (Sevilla) con Baessipo Barbate, y continuaba por la costa, en excelente estado de conservacion. En época romana era Asido Caesarina Augusta con estatus de colonia con derecho romano.

Arco de la Pastora, Medina-Sidonia (Cádiz).

De su época visigótica es la ermita de los Santos Mártires, que queda a pie de carretera, por donde ha pasado el peregrino, consagrada por el obispo de la antigua diócesis asidonense Pimenio hacia el 630, declarada BIC. En el cipo o pedestal conmemorativo donde aparece esta fecha se incluye también una lista de mártires romanos cuyas reliquias fueron depositadas en esta ermita. En su interior hay cruces jacobeas pues en época medieval, tras la reconquista, se la conocía como ermita de Santiago del Camino (el real de Sevilla a Gibraltar). Es con el dominio castellano, hacia finales del siglo XIII o principios del XIV, cuando se establecería el culto cristiano en la ermita bajo la advocación del apóstol Santiago. Está considerada por la historiografía como una de las ermitas paleocristianas más antiguas de la Bética y de la península. Aún mantiene la fábrica de lo que fue alminar en época omeya (siglo X), con aparejo de soga y tizón.

Ermita de los Santos Mártires o de Santiago del Camino
Medina Sidonia (Cádiz)

En época islámica perteneció a la cora de Sidonia, época de la que proviene su primer nombre, Medina, cuyo significado en árabe es «ciudad»: ciudad de Sidonia. El monarca castellano Alfonso X el Sabio la conquista en 1264 y pasa a formar parte de los territorios de la frontera con el reino nazarí, como Jerez, Chiclana, Vejer, Jimena o Castellar (en la provincia gaditana), de ahí que aparezca citada en documentos de la época como Medina «de la frontera».

Calzada romana, Medina Sidonia (Cádiz).

Este mismo monarca creó en 1272 la Orden de Santa María de España u Orden de la Estrella, de carácter religioso y naval, cuya sede matriz se encontraba en la ciudad de Cartagena. Poseía, por donación real, las fortalezas de Torrestrella en Medina Sidonia; Berroquejo en Jerez de la Frontera; San Marcos en El Puerto de Santa María; Vejer de la Frontera y Alcalá de los Gazules, en la zona estratégica del Estrecho. El rey Sabio ordenó trasladar la casa principal de Cartagena al castillo de Medina Sidonia, ciudad que, en adelante, debería llamarse «Estrella», en honor al blasón de la orden: una estrella de ocho puntas con una imagen de Santa María con el Niño en el centro. Tras el desastre de la batalla de Moclín (Granada, 1280) ante las tropas musulmanas, en la que perecieron el maestre y gran parte de caballeros de la Orden de Santiago, el rey integró en esta a la Orden de Santa María, lo que provocó la desaparición de la Orden de la Estrella. El objetivo era evitar que se extinguiera la orden santiaguista, fundamental en la línea de frontera. Otra razón añadida pudo ser la ineficacia de la Orden de Santa María en la lucha marítima en el Estrecho, pues en su única gran expedición fue aniquilada en la batalla naval de Algeciras ante los benimerines en 1278.

Posteriormente, Medina Sidonia fue sede de la Orden Militar de Santiago, lo que explica que el apóstol aparezca en su escudo municipal. Desde 1440 pasó a formar parte de los duques de Medina Sidonia.

El peregrino ha pasado, al recorrer la etapa, por dos de sus núcleos rurales: San José de Malcocinado y Los Badalejos. Y en la siguiente etapa lo hará por El Berrueco. Entre sus fiestas destacan el Belén Viviente en diciembre, la Semana Santa y la velada en honor de Santiago el Mayor en julio.

La visita se puede completar recorriendo la zona alta de la ciudad: castillo, recinto amurallado, los tres arcos de entrada, o la Iglesia Mayor Sta. María La Coronada, excelente muestra del gótico tardío, la cual se postuló como sede de la diócesis gaditana hacia 1472 ante los continuos ataques por mar que sufría la ciudad de Cádiz. A pesar de los esfuerzos del segundo duque de Medina Sidonia, el traslado definitivo no llegó a realizarse.

El museo etnográfico, ubicado en una antigua casa señorial, muestra utensilios domésticos, costumbres y tradiciones ya perdidas. Visita recomendada.

El colofón puede ser degustar la maravillosa oferta gastronómica y, sobre todo, la famosa pastelería artesanal que ofrece la ciudad, entre la que destacan amarguillos, alfajores, tortas pardas, yemas nevadas, turrones, mazapanes de fruta o cortadillos.

Como vemos, al peregrino le conviene llegar pronto a Medina Sidonia y aprovechar la tarde visitando sus variadas y diversas propuestas.

Iglesia de Santa María Mayor La Coronada, Medina Sidonia (Cádiz).

DIARIO DEL CAMINANTE

Hoy es miércoles 3 de enero. Muy bien descansado en su albergue, el peregrino vuelve a su camino, que lo llevará a la población asidonense. Día soleado, viento de levante. Sella su credencial en el ayuntamiento benalupense (ayer llegó tarde y estaba cerrado) y felicita el año nuevo a las amables empleadas que se interesaron por la ruta del caminante.

El caminante piensa desayunar en la venta El Soldao (Los Badalejos), donde tiene conocimiento de la familia. Antes pasa por Las Grullas a tomarse un cafelito y sellar la credencial, a modo de recuerdo por las atenciones recibidas.

A la salida hay una rotonda con una choza tradicional de piedra y tejado a dos aguas con paja de castañuela, con las siluetas de hombre y mujer portando cántaros de agua. Un homenaje a la tierra, a sus gentes y a sus costumbres.

Museo etnográfico, Medina Sidonia (Cádiz).

Al iniciar su camino, un pastor con un can guarda sus ovejas y dialoga con el viajero. Le pregunta de dónde viene y al responderle que de Cádiz se alegra. Dice que Benalup se lleva bien con todos los pueblos vecinos, pero con Cádiz es algo especial Más adelante, el cortijo Los Monteros, de famosos fogones donde también hay fonda.

San José de Malcocinado es núcleo rural dependiente de Medina Sidonia. La blanca portada de entrada al caserío muestra coloridos azulejos con estampas sevillanas y el nombre de la pedanía. Aquí vino de escolar con diez años el peregrino en una excursión del colegio lasaliano Mirandilla, por los años sesenta. Aún recuerda los altos pinos.

Cuando habían pasado las diez de la mañana el caminante necesita con urgencia un buen desayuno, había recorrido siete kilómetros. Entró en la venta El Soldao, conocida desde hace más de cuarenta años. Lo primero el saludo a la familia: Encina, Teresa, Sofía, afanadas atendiendo al personal. En el saloncito interior, cuyas paredes están decoradas con bellísimas cabezas de toros, en una mesa aposentan al caminante y le plantan una buena tortilla a la francesa recién hecha, buen bollo de pan blanco y un delicioso café en taza. La cuenta: 4,30 euros, más propina. El peregrino les obsequió con un azulejo de la Vía del Estrecho para colocarlo en la fachada como referencia ante caminantes, como «faro jacobeo». Despedida y agradecimientos.

El mediodía sorprendió al viajero en el primer puente. El lugar bien merecía un descanso y saborear una naranja cuajada de zumo. Toma fotos de su empedrado y de la flecha amarilla que guía al caminante bajo la sombra de unos enormes eucaliptos. Un joven vaquero cuida una vacada que invade el carril. Hay que echarle valor. Algunas miran desafiantes al caminante que está invadiendo su espacio.

A continuación, otro tesoro patrimonial: el puente de la Hoya, similar al anterior, pero de un solo ojo, que salva el arroyo de Las Golondrinas. Se han datado de época romana, posiblemente sobre la Vía Asido que unía Hispalis (Sevilla) con Baesippo (Barbate).

Antes de llegar a la plaza del ayuntamiento, el caminante encontró abierto un zaguán en la calle Pablo Iglesias y pudo contemplar un magnífico patio encalado de blanco refulgente y decorado con macetas y una tinaja. Bella estampa. De agradecer a la propiedad que deje entreabierta la puerta de la calle y permita disfrutar al visitante de este bello rincón.

En uno de los solares de esta zona se encontró hace años un tramo de calzada romana, continuación de la que se puede contemplar en el conjunto arqueológico local.

El caminante finalizó la etapa cuando aún faltaban quince minutos para las dos de la tarde, ante la puerta del ayuntamiento. Selló la credencial en la oficina de turismo, ubicada donde está el mercado de abastos. Hacía frío viento de levante, desagradable para estar en las terrazas de la plaza, ambientada con tiovivo y decorada con árbol navideño.

Se decide por degustar una cerveza en el interior del bar La Tabernita, con ventanal a la plaza, cálido y con luz natural. Charla con el joven que atiende. Es caracolero y esparraguero, se conoce todos los contornos desde Tahivilla y Facinas, y el camino que el viajero trae andado. Muy agradable tertulia.

Patio de casa en Medina Sidonia, calle Pablo Iglesias.

Van a dar las tres de la tarde. Bar restaurante Cádiz, de gran prosapia y buenos fogones. Está casi lleno, pero pueden apañar una mesa en el patio interior. Aunque le traen una carta con una maravilla de platos, y a muy buenos precios, el peregrino lo tiene claro: rabo de toro estofado con salsa de almendras y patatas, acompañado de dos buenas copas de Ribera del Duero, Protos. De postre tocino de cielo con almendras, nata y canela. La cuenta muy adecuada no llegó a treinta euros. Se dejó merecida propina.

El peregrino tiene reservada cama en el hotel El Duque, cercano. De camino baja por la parroquia de Santiago, cerrada a estas horas, y toma fotos del templo y del azulejo de Jesús Nazareno con fechas debajo (1615-2015), aludiendo a sus cinco siglos de existencia. Bellas fachadas de casonas, cierros y zaguanes. Por las calles Ortega y Espíritu Santo sube hasta el bello arco de la Pastora y las murallas de la Fuente Salada. Sigue tomando fotos con la luz del atardecer, que dora las piedras de ambos monumentos.

Una terraza al sol bajo la muralla, buen momento para detenerse a descansar y disfrutar de los últimos rayos. Un licor de yerbas acompañó la actualización del diario de la jornada: desde Benalup hasta Medina pasando por Los Badalejos. En esta zona de la ciudad orientada a poniente no combate el levante. Continúa por la plaza del Punto, con rotonda y monumento dedicado al pasado romano de la ciudad: cuatro columnas y una estatua togada descabezada sobre un pedestal. Por la avenida del Mar llega a su alojamiento.

Son casi las cinco ya. Hoy es día cuasifestivo (se acercan los Reyes) y el comedor está aún atestado. Iván, la persona que dirige el establecimiento, atiende al viajero. Habitación con descuento para peregrinos, 30 euros, primera planta, amplia, silenciosa y luminosa. Sello de credencial. Ducha, aseo y a pasear la ciudad ducal, que tiene mucho que ver.

El sol declina por el poniente, por la ciudad de Cádiz. El caminante sube unas escalinatas y pasa bajo el arco de La Pastora. Maravillosas vistas hacia el suroeste con la caída de la tarde y el ocaso. Son visibles la bahía de Cádiz y sus pueblos ribereños. Sube por la calle Muro (tras la muralla) y se topa con el hotel Medina Sidonia, ubicado en una bella casona con patio de columnas y solería ajedrezada. Accede a su interior para degustar un café y recrearse en su decoración y bien conseguido ambiente. Lugar ideal para el descanso del que toma buena nota. Silencio y elegante decoración. El suelo del restaurante está empedrado, buen gusto. Se lleva algunas fotos.

La ruta continuó por la calle Tintoreros hasta la plaza de la iglesia de La Coronada, donde está el templo de Santa María la Mayor, cuya torre- campanario (a más de 40 m de altura sobre la calle) es el mejor mirador de toda la campiña, bahía, y las sierras de Grazalema y Alcornocales. Hoy miércoles de enero no hay nadie por estas callejuelas y placitas a estas horas. Callejeando por la calle Misericordia, ya bajo la noche, el peregrino llegó a las inmediaciones del castillo. Desde los restos de una torre tuvo una maravillosa panorámica hacia el este: luces de pequeños núcleos de poblaciones cercanas como Paterna de Rivera, Alcalá de los Gazules, Benalup y otras irreconocibles bajo las sierras iluminadas por la luna creciente. Y un cielo estrelladísimo y limpio por el aire de levante. Una maravilla de espectáculo. Mereció la pena la subida.

El descenso fue por la puerta del Sol, plazuela de Las Descalzas y monasterio de Jesús, María y José, en cuyas fachadas lucen negros cañones de épocas napoleónicas, como en la ciudad de Cádiz. Por la calle San José el turista llegó de nuevo a la plaza de la Iglesia Mayor y salió del recinto monumental por la calle Cilla, y el arco y puerta de Belén. Una estatua dedicada al almirante Pascual Cervera Topete, hijo ilustre asidonense. Descendió a la plaza de España por la calle Atahona, cuyo significado es «tahona», el lugar donde se fabrica y vende pan, hoy más comúnmente decimos panadería.

La plaza es un lugar muy importante para las poblaciones, es donde se concentran los paisanos a tomar el sol, a encontrarse, a hablar, a frecuentar terrazas. El corazón vivo de la ciudad, en este caso Medina Sidonia. Lo que fue el foro romano. En estas fechas engalanada con luces y árbol de navidad iluminado. La pastelería Sobrina de las Trejas está abierta. Fue fundada en 1852 y despacha exquisitos alfajores, amarguillos y dulcería muy solicitada y exquisita. El edificio de las casas consistoriales está iluminado, su reloj está dando las siete y media de la tarde.

Hora de vísperas. El peregrino se acerca a la parroquia de Santiago, abierta, y sella su credencial en la sacristía, donde el párroco conversa con un grupo de jóvenes. Hay misa a las ocho, a la que asiste el caminante, en una capilla lateral con imágenes de Jesús Nazareno y su Madre. Tres señoras mayores, sentadas en el primer banco, llevan los rezos y contestan el rito, que hemos atendido unas veinte personas.

Este templo es el más antiguo de la ciudad, de tres naves, del siglo XVI y estilo mudéjar. Santiago peregrino está en el ático, en la calle central del retablo. Hay expuesto un belén con una cruz jacobea a la puerta de una casita blanca. Bonito detalle. Medina Sidonia posee una gran cantidad de referencias en su historia al Apóstol Santiago: ermita, iglesia, escudo municipal, o los escudos pétreos del edificio consistorial y de la fuente Salada.

Calles vacías, viento fresco, cree el viajero que lo mejor es regresar a su posada a descansar un poco antes de la cena. Lectura encamado de nuevos capítulos de *Peregrinatio*.

Han pasado las nueve de la noche. El frío llama a una cena en el comedor del hotel El Duque, aún tranquilo. El padre de Iván, posiblemente la persona que creó el establecimiento hace más de tres décadas, está sentado en una mesa junto al televisor, cerca de la barra, ojeando el negocio y dando instrucciones. Atiende personalmente al viajero y le pide la comanda: sopa de picadillo y tortilla de espárragos. Le dice que ha acertado de noche, y los espárragos son del terreno, de las últimas lluvias. Del techo del bar cuelgan soberbias patas de jamones ibéricos marca Cárdeno, de Jabugo, que embellecen el local. Sobre la pared la cabeza del toro Ventero, que parece que tiene vida y se va a arrancar.

La sopa humeante, en cazuela sopera y plato de cerámica, llevaba fondo de arroz, huevo duro, tacos de jamón y matita de yerbabuena. Casera y sustanciosa. La tortilla espectacular, con espárragos amargos, como debe ser, y de dos huevos, acompañada de ruedas de tomate y una mata de perejil. Colores. Se acompañó con una copa de tinto. La cuenta: 18 euros, adecuada a la calidad y abundancia de los platos. Se dejó propina hasta redondear a veinte. Merecida.

Parroquia de Santiago el Mayor, Medina Sidonia (Cádiz).

Cloacas romanas, Medina Sidonia (Cádiz).

Despedida del personal y agradecimientos por el trato. Mañana el peregrino abandonará la fonda antes de que abran, madrugará, la etapa será larga hasta Puerto Real. Se nota sensibilidad con el caminante.

A las diez y media de la noche fue el fin de la jornada, hora de completas para un día completísimo. Merecido descanso. No hubo tiempo de lectura, el sueño llegó pronto.

ETAPA VII: MEDINA SIDONIA – PUERTO REAL

«[...] Mi camino partió el 2015, con el dolor del cáncer que invadía mi cuerpo, cuando pensaba que dejaría de existir. [...] Prometí llegar a los pies de Santiago cuando él lo propusiera. Llegó el gran día, año 2017. [ ] Pude abrazar a Santiago y su abrazo me dijo que podía seguir caminando por el viaje de la vida, sin miedo y sin prisa [...]».

Relato «Sin miedo y sin prisa», de Carmen R. Flores Cerda. Chile – 47 años

Distancia: 30 km
Tiempo aproximado: 7/8 h
Altitud Medina Sidonia: 305 m
Altitud Puerto Real: 8 m

DESCRIPCIÓN

Última etapa —y la más larga— de la Vía del Estrecho que comenzamos en Algeciras. Discurre mayormente por el sendero Dos Bahías. El primer tramo es en descenso; el central, de ligeras subidas y bajadas; y el último llano por el Parque Natural de la Bahía de Cádiz. Hay ventas en el Barrio Jarana (desvío de 0,5 km), a siete kilómetros del final de etapa. Dos puntos para tener en cuenta: el vado del arroyo Pozo de Malas Noches (siempre complicado por el barro) y el enlace con la Vía Augusta en un nudo de carreteras.

Km 0: Se parte de la plaza de España, el centro neurálgico de la ciudad, desde donde nos despedimos del Apóstol.

Por las elegantes calles Varos y La Loba se llega a la plazuela e iglesia de Santiago. Si se quiere visitar, hay que avisar antes en la parroquia, una señora la suele enseñar. Merece la pena. El peregrino lo hizo ayer tarde.

Plaza de España, Casas Consistoriales, Medina Sidonia.

Por la empinada cuesta de la calle Torreón abandonamos el casco urbano descendiendo el monte sobre el que se asienta Medina y confluimos con la carretera CA-202, en zona de famosas ventas. Última oportunidad de tomar algo y aprovisionarnos de buen pan «meinato».

Km 2,7: Bajo un túnel se pasa la carretera A-390. Se enlaza con el sendero Dos Bahías (en Google aparece como «camino agrícola»). Una señal indica 23,5 km a Puerto Real. Suaves ascensos y descensos paralelos a la carretera —a la izquierda— hasta que desaparece de nuestra vista. Aparecen fincas y cabrerizas. A la derecha queda la denominada El Fiscal. Arroyos por la derecha que bajan a la cuenca del río Iro. Al fondo vemos las elevaciones de la cantera del Berrueco.

Parroquia de Santiago el Mayor, patrón de la ciudad, Medina Sidonia (Cádiz). Peregrinos iniciando la etapa la etapa a Puerto Real.

Medina Sidonia (Cádiz), rotonda de entrada.

Km 10: Por la colada de la Espartosa llegamos al descansadero de El Berrueco. Buen lugar para hacer un rengue contemplando la antigua cantera hoy clausurada. De aquí se sacaba cal y piedra para el puente Carranza gaditano o los espigones de la bahía. Es un importante yacimiento con materiales que datan del Calcolítico. Continuamos avanzando por terreno tipo tobogán, subiendo y bajando suaves lomas. Cruzamos varios arroyos que bajan al Iro chiclanero: de la Cepa, Yeseras, aunque el más importante es el Salado (que viene del cruce de El Pedroso) y que, a partir del Pago del Humo chiclanero, cambia de nombre y es ya río Iro.

El Berrueco (Medina-Sidonia), antigua cantera.

Km 14,3: Cruce con el cordel del Fontanal y señal de la distancia a Puerto Real, quince kilómetros. Comienza un descenso suave. Ahora las aguas de los arroyos que vienen de la derecha vierten al caño Zurraque.

Km 15,7: Cruce con la cañada real del Higuerón, a la izquierda. Indicación de 13,5 km a Puerto Real. Ahora viene el primero de los problemas de esta etapa: el cruce de los arroyos.

A partir del cordel de Los Marchantes, del que parte un carril a la izquierda hacia las lagunas de Montellano y Jeli (Chiclana), descendemos y cruzamos el arroyo de las Salinetas. Esta zona está atravesada por una gran cantidad de arroyos secos, pero que en época de lluvias acumulan agua y hay que pasarlos como se pueda. Dejan huellas en los zapatos.

Aquí confluye también el arroyo Pozo de Malas Noches formando una zona que tenemos que vadear como podamos, con barro y fango. Estos son los principales aportes del caño Zurraque, al que se le ha unido el Guerra, que viene de la carretera Puerto Real-Paterna. Con lluvia esta zona es complicada. El Zurraque, convertido en caño mareal, desemboca en el caño de Sancti Petri entre Chiclana y San Fernando. Toda esta zona está llena de conchas de crustáceos marinos visibles bajo los pinos.

Peregrinos de la Asociación «Vía Augusta» en el tramo central de la etapa.

Vegetación que nos encontramos: lentiscos, acebuches, palmitos, eucaliptos, matagallos, jaras, típica mediterránea de monte bajo. El paraíso del conejo y de la perdiz. Tierra de caza menor. En la parte final nos encontraremos el clásico pinar puertorrealeño, con bellos paisajes entre claros y sombras. Se pasan fincas con nombres como Monteviejo o Montellano.

Km 18,7: Finca cortijo El Zurraque. Continuamos caminando entre pinares. Las frondosas copas impiden que entre la luz, paisajes con sombras espectaculares. Vemos setas y otro tipo de vegetación adaptada a la humedad.

Km 19,5: Se cruza la carretera de Malas Noches (CA-3205), que une el Barrio Jarana con el Marquesado y Chiclana. Unos metros a la derecha parte el camino del Rosal que se interna en un pinar y lleva a las instalaciones de la Ciudad Deportiva Bahía de Cádiz, por el que transitamos. Lema de la afición cadista: «Si estás contra el Cádiz, estás contra la naturaleza».

Km 22,1: Barriada del Meadero de la Reina. Venta Santa Ana cerrada, parece que definitivamente. El camino se acerca a una carretera de servicio que lleva al Barrio Jarana, la Cañada Real del Camino. Por la acera derecha, carril bici pintado de azul, nos aproximamos a un nudo de carreteras donde hay que extremar la precaución. Este es el segundo punto dificultoso de esta etapa.

Antes de continuar se presentan dos opciones: 1) acercarnos al Barrio Jarana para reponer en alguna de sus ventas (aproximadamente, 1 km entre ida y vuelta); 2) continuar atravesando la autovía por un puente y luego las vías del tren, y descender al carril de servicio paralelo a la vía férrea. En cualquier caso, esta segunda opción es la que finalmente nos llevará a Puerto Real y hay que tomar.

Km 23: Al descender los viaductos enlazan la Vía del Estrecho y la Vía Augusta. A partir de aquí la senda es llana junto al Parque Natural de la Bahía, y entra en Puerto Real por el «punto limpio».

Km 26,5: Se abandona el carril justo al pasar bajo el puente Melchor por una cuestecita que deja al caminante en zona ya urbana, compartida con la Vía Augusta: avenida José

María Fernández Gómez, calles Algeciras y Trafalgar y playa de la Cachucha.

Por la calle Leñadores se accede a la arteria principal de Puerto Real, la calle de La Plaza, una calle comercial que lleva al centro de Puerto Real.

Km 30: Plaza de Jesús, donde está el edificio municipal, con un azulejo Vía Augusta en su fachada exterior. Aquí finaliza esta séptima y última etapa de la Vía del Estrecho que comenzó el peregrino en la ciudad de Algeciras.

Playa de la Cachucha, Puerto Real (Cádiz).

ASPECTOS HISTÓRICOS Y ETNOLÓGICOS

En Puerto Real, el peregrino puede recorrer su entramado urbano, visitar su patrimonio religioso (iglesias de San José, La Victoria y San Sebastián) o acercarse a la Puntilla del Muelle, sobre el saco de la bahía. En cuanto a gastronomía, podrá saborear buenos pescados frescos de la bahía o de los esteros y salinas. Está en el lugar idóneo para ello. Puede consultar lo ya dicho sobre esta villa en la descripción de la primera etapa de la Vía Augusta.

Puerto Real (Cádiz), edificio del ayuntamiento.

DIARIO DEL CAMINANTE

Hora prima, van a dar las ocho, aún es de noche en Medina Sidonia. Café en el bar Plaza entre paisanos que degustan aguardientes contra el frío. Tomarse un cafelito por la mañana en un bar local es el momento de la tertulia y los saludos con el paisanaje. Surgen conversaciones muy sugerentes y se conocen personas. Toda una experiencia siempre. El peregrino agradece estas conversaciones. No tienen madalenas. Comienzo de etapa. Temperatura agradable, se ha calmado el viento de levante.

Segundo café en la venta Candela abajo de la ciudad, a pie de camino. Tampoco hay madalenas. El peregrino se desayuna una enorme tostada de pan moreno con sus avíos. Muchas camisetas del Cádiz CF con el nombre de la peña cadista local Enrique Mateos. Se nota afición amarilla.

En el descansadero de El Berrueco y colada de la Espartosa, el caminante hizo un descanso a las diez y media de la mañana. Un peregrino francés, de Avignon, estaba descansando al sol. Comenzó la Vía del Estrecho en Tarifa y continuará hasta Cádiz, donde iniciará la Vía Augusta hasta

Santiago de Compostela. Despedida del francés y nos deseamos *bon chemin.*

A la entrada de Puerto Real el peregrino se cambió de indumentaria y se puso la camiseta de su asociación para entrar decente en la villa, hoy es día de cabalgata de Reyes Magos. También se cambió de calzado: los zapatos estaban llenos de barro y fango de los arroyos, se puso sandalias..

En las rosadas casas consistoriales el peregrino no pudo sellar la credencial por ser casi las tres de la tarde, pero volverá otro día a ello en horario más habitual. Se hizo fotos en la puerta ante el azulejo jacobeo como recuerdo.

Con la satisfacción de haber completado esta Vía del Estrecho, se dispuso a tomarse un descanso y refrescarse. La hora, el agradable día soleado y la víspera de Reyes Magos hacían que todos los bares estuvieran abarrotados de personal disfrutando de la solana y la cervecita.

El viajero corta por lo sano y se dirige a la Taberna del Puerto, conocida y afamada por sus buenos pescados y mariscos. Tiene suerte y hay mesa libre en el comedor interior. Saluda a la familia que la regenta. Tamara avía mesa, sirve una buena caña helada de cerveza y toma nota de la comanda: gambas al ajillo con buen pan blanco para mojar y media ración de cazón (cazón de verdad), bien frito. La sed propició otra cerveza. De postre tarta al whisky. La cuenta: 25,10 euros. Hubo propina merecida por el trato y hospitalidad.

El peregrino saluda al señor que fríe el pescado, al que conoce desde hace años, un maestro que sabe darle el punto adecuado, un artista. También conoce el camino que ha recorrido desde Medina Sidonia. Lo recorre con moto y conoce los fangales que hay que atravesar. Ha examinado de geografía local al caminante, que le ha respondido consecuentemente, y con detalles y topónimos. Aprobado con nota.

Casi son ya las cinco de la tarde. Despedida de la familia tabernera y por la calle Vaqueros el viajero se dirige a la estación de tren para regresar a casa, a Cádiz. Aún le quedó tiempo para disfrutar de los últimos rayos de sol en un banco a la puerta esperando la llegada del cercanías Jerez-Cádiz.

Pasadas las seis, con la puesta de sol, el peregrino retornó a su casa, satisfecho y con la credencial del camino Vía del Estrecho llena de sellos (excepto el puertorrealeño, pero lo consiguió a la semana siguiente).

Aquí finaliza esta aventura jacobea por tierras gaditanas que ha llevado al caminante desde la costa mediterránea hasta las aguas atlánticas de la Bahía de Cádiz.

REFLEXIONES FINALES

«[...] Recorrimos una tradición que dura más de mil años. Sin embargo, lo que más recordaríamos fue la amabilidad que impregna el Camino. Experimentamos amabilidad en la preocupación y camaradería entre los peregrinos y en la acogida y generosidad de los hospitaleros».

Relato «Amabilidad en el Camino», de Mario Leonardo O. Aportadera. Filipinas – 55 años

Este ha sido el relato de las experiencias camineras de un peregrino por la Vía Augusta y la Vía del Estrecho. De Cádiz a Sevilla, de Algeciras a Puerto Real.

Caminar con sentido de peregrino jacobeo es diferente a otras opciones relacionadas con andar senderos, al menos así lo he concebido desde que en el año 1998 comencé mi primer camino en Roncesvalles, el Francés. Se trata de cambiar de «onda» y sumergirse en el camino de las peregrinaciones, recapitulando, conectando con la historia y con los caminantes que nos han precedido, añadiendo nuestra huella, siendo protagonistas. Por eso creo que el peregrino no debe perder de vista el sentido de espiritualidad/religiosidad que debe estar presente, y que aporta un sentido ético, de convivencia, de comunidad, al peregrinar.

Cuando decidimos ponernos en camino, surgen momentos de introspección, de reflexión interior, y también posibilidades para conocer la rica, diversa y a veces desconocida geografía física y humana, en este caso de la provincia gaditana.

En su mochila, en la memoria, el peregrino se lleva gratos recuerdos de la enorme cantidad de personas con las que ha estado en contacto por diversos motivos, con las que ha compartido tertulias. Sin duda, el caminante que se aventure por estas sendas se convierte en difusor de estas rutas jacobeas desde el sur peninsular y andaluz, enlazando con la historia, con los primeros peregrinos mozárabes que afluían a Mérida y a Santiago de Compostela desde Al-Ándalus en tiempos difíciles para la cristiandad.

En su deseo, que las instituciones provinciales se involucren en estos proyectos jacobeos y ayuden a las asociaciones a mejorar la señalización, pues cada vez son más los peregrinos nacionales e internacionales que eligen iniciar sus rutas a Santiago de Compostela desde el punto más meridional del continente europeo: la provincia de Cádiz.

Todas las comunidades autónomas del territorio estatal están inmersas en proyectos de trascendencia internacional conscientes de la enorme importancia patrimonial, cultural e histórica que atesora el Camino de Santiago, la red de caminos a Compostela. En el caso gaditano, los tres que afluyen a la Vía de la Plata: la Vía Augusta, la Vía del Estrecho y la Vía Serrana.

Un refrán jacobeo dice: «El camino empieza en la puerta de tu casa»; otro: «El camino no se anda, se vive»; y finalmente: «El camino da más de lo que recibe». Con estos aforismos me despido.

¡Buen camino, peregrino! *¡Ultreia et suseia!* ¡Vamos allá, adelante!

Venera jacobea, símbolo del Camino e icono del peregrino

AGRADECIMIENTOS

Venta Los Pastores (Algeciras)

Hospedaje Villanueva (Tarifa)

Doña Antonia, de la carnicería Las Eras (El Lentiscal-Bolonia)

Restaurante Las Rejas (El Lentiscal, Bolonia)

Ayuntamiento de Tahivilla, y a su alcalde, don Diego España, por la Casa del Peregrino

Bar El Jilguero (Tahivilla)

Ayuntamiento de Benalup-Casas Viejas

Hostal restaurante Las Grullas (Benalup-Casas Viejas)

Venta El Soldao (Los Badalejos, Medina Sidonia)

Oficina de turismo de Medina-Sidonia

Bar La Tabernita (Medina Sidonia)

Bar restaurante Cádiz (Medina Sidonia)

Hotel restaurante El Duque (Medina Sidonia)

Parroquia de Santiago el Mayor (Medina Sidonia)

Bar La Taberna del Puerto (Puerto Real)

Asociación de Amigos del Camino de Santiago de El Puerto de Santa María (Cádiz)

Asociación Gaditana Jacobea «Vía Augusta» (Cádiz)

José Manuel Contreras, presidente del Club de Senderistas de Algeciras

Círculo Chileno de Amigos del Camino de Santiago de Compostela

BIBLIOGRAFÍA

Acién Almansa, M. (1979): *Ronda y su serranía en tiempo de los Reyes Católicos.* Málaga, Universidad.

Arjona Castro, A. (1982): *Andalucía musulmana.* Córdoba, Publicaciones del Monte de Piedad y Caja de Ahorros de Córdoba.

Asociación Gaditana Jacobea «Vía Augusta» (2010): «Guía Vía Serrana con recorrido desde La Línea de la Concepción a Utrera», disponible en www.asociaciongaditanajacobeaviaaugusta.org

Barea Patrón, M. (2013): «Peregrinaciones: Una aproximación desde la antropología». Comunicación II Congreso Internacional Camino Mozárabe de Santiago. Mérida, Parlamento de Extremadura.

Barea Patrón, M. (2019): «Un Camino Jacobeo del Sur: La Vía Serrana». Ponencia III Congreso de Historia de la Serranía de Ronda.

Barea Patrón, M. (2022): *La Vía Serrana jacobea: El camino más meridional de Europa.* Sevilla, Punto Rojo, 2022.

Barea Patrón, M. (2022): *El Camino Mozárabe.* Sevilla, Almuzara, 2022.

Bravo Lozano, M. (1998): *Guía práctica del peregrino. El Camino de Santiago.* León, Everest, Centro de Estudios del Camino de Santiago.

Brenan, G. (1991) [1957]: *Al sur de Granada.* Madrid, Siglo XXI de España Editores, SA.

Buide del Real, F. (2010): «Un siglo de cuestión jacobea», en *Compostellanum,* 55, págs. 435-502.

Diputación de Cádiz (1997): *Monumentos de la provincia de Cádiz.* Cádiz, Federico Joly y Cía., SA, Diarios de Cádiz, Jerez, Europa Sur.

Diputación de Cádiz-Servicio de Medio Ambiente (2011): *300 senderos de la provincia de Cádiz.* Excma. Diputación Provincial de Cádiz.

Eliade, M. (1998): *Lo sagrado y lo profano.* Paidós, serie Orientalia.

Fernández Farto, A. (2021): «Experto en el hecho jacobeo: Espiritualidad, patrimonio y turismo». Santiago de Compostela, Instituto Teológico Compostelano-Universidad Pontificia de Salamanca.

Fidel Fita, P., y Fernández-Guerra, A. (1880): *Recuerdos de un viaje a Santiago de Galicia.* Madrid, Imprenta de los Sres. Lezcano y Cía. (disponible en el curso virtual del Instituto Teológico Compostelano).

Flores Domínguez, R. (2007): *Valle del Genal. Guía del excursionista.* Ronda, La Serranía.

Grian (1998): *El Camino de Santiago es el camino de la vida. El sendero del Grial.* Barcelona, Obelisco.

Guerra Campos, J. (1982): *Exploraciones arqueológicas en torno al sepulcro del apóstol Santiago.* Santiago de Compostela, Cabildo de la Catedral de Santiago. Heras, J. (2010): *La Orden de Santiago.* Madrid, Edaf.

López Alsina, F. (1991): «La invención del sepulcro de Santiago y la difusión del culto Jacobeo». [Texto facilitado por el profesor Domingo González Lopo ITC]. XVIII Semana de Estudios Medievales, Estella, Pamplona, Gobierno de Navarra.

López Ferreiro, A. (1898): *Historia de la santa apostólica metropolitana Iglesia de Santiago de Compostela.* Santiago de Compostela, Imprenta del Seminario Conciliar Central (X volúmenes). Consultable en internet en archive.org (para este trabajo se ha consultado el tomo I).

Martín Velasco, J. (1978): *Introducción a la fenomenología de la religión.* Madrid, Ediciones Cristiandad.

Martínez del Cerro, M. (1966): *Un paseo por Cádiz.* Cádiz, Escelicer.

Martínez Díez, G. (2002): *La cruz y la espada. Vida cotidiana de las órdenes militares españolas.* Barcelona, Plaza & Janés.

Martínez Sanz, J. L. (2011): *Al-Ándalus. Los árabes en España.* Madrid, Edimat Libros, colección Biblioteca Breve, Historia.

Moralejo, A., Torres, C., y Feo, J. (eds.) (1951): *Liber Sancti Iacobi. Codex Calixtinus.* Santiago de Compostela, Xunta de Galicia. Reedición a cargo de X. Carro Otero. Xacobeo 93.

Moralejo, A., Torres, C., y Feo, J. (eds.) (1992): *Liber Sancti Jacobi «Codex Calixtinus».* Pontevedra, Xunta de Galicia.

Pombo, A. (2010): *Guía del Camino de Santiago para peregrinos.* Madrid, Grupo Anaya (edición especial para la Cofradía Solar de Samaniego), 7.ª edición.

Precedo Lafuente, M. J. (1985): *Santiago el Mayor, patrón de España. Vida y culto.* Santiago de Compostela, Arzobispado de Santiago.

Rivas Quintas, E. (2013): «El camino mozárabe de Santiago». Ponencia II Congreso Internacional Camino Mozárabe de Santiago. Mérida, Parlamento de Extremadura.

Romero Valiente, J. (2013): "Un documento inédito sobre la aparición del Apóstol Santiago en Medina Sidonia y el origen del patronazgo sobre la ciudad". Academia.edu.

Sánchez Adalid, J. (2013): «Peregrinos mozárabes a Santiago de Compostela». Ponencia II Congreso Internacional Camino Mozárabe de Santiago. Mérida, Parlamento de Extremadura.

Simonet, F. J. (1983): *Historia de los mozárabes de España.* Madrid, Ediciones Turner (cuatro tomos).

Solís, R. (1987): *El Cádiz de las Cortes.* Madrid, Sílex.

Turner, V. W. (1988): *El proceso ritual.* Madrid, Altea, Taurus, Alfaguara.

Valiña, E. (1971): *Caminos a Compostela. Guía.* Vigo, Faro de Vigo.

Vázquez de Parga, L., Lacarra, J. M., y Uría Riu, J. (1993): *Las peregrinaciones a Santiago de Compostela.* Pamplona, Gobierno de Navarra, Dpto. Educación y Cultura [edición facsímil de la realizada en 1948 por el CSIC. Iberdrola-Gobierno de Navarra, tres volúmenes].

VV. AA. (1984): *Cádiz y su provincia* (cuatro tomos). [Dirección: Javier Rodríguez- Piñero Bravo-Ferrer; coordinación: Ana María Flores Fernández]. Sevilla, Ediciones Gever.

VV. AA. (1995): *La provincia de Cádiz pueblo a pueblo.* Cádiz, Ingrasa Artes Gráficas, Edición del Grupo Joly.

VV. AA. (2001), *La Vía Augusta en la Bética.* Sevilla, Junta de Andalucía, Consejería de Cultura. Programa Interreg. II C, proyecto «Las vías romanas del Mediterráneo, Mediterráneo Occidental y Alpes Latinos».

VV. AA. (2021), *100 caminos, 100 relatos. Historias breves a Santiago.* Chile, Círculo Camino Santiago.

VV. AA. (2013), *Actas II Congreso Internacional «Camino Mozárabe de Santiago»*, Mérida, Parlamento de Extremadura.

PÁGINAS WEBS

Asociación Gaditana Jacobea «Vía Augusta»: www.asociacionjacobeacadiz.org

Fernández Vega, P. Á., «Beato de Liébana. Estudio crítico», Biblioteca Virtual Lebaniega, consulta el 9 de febrero de 2021: http://www.valledeliebana.info/bvl/items/show/249.

https://commons.wikimedia.org/wiki/File:Mapamundi,_Beato_da_Catedral_de_El_Burgo_de_Osma.jpg. Xacopedia.com

https: xacopedia.com

Este libro se terminó de imprimir en su primera edición por encargo de la Editorial Almuzara el 31 de enero de 2025. Tal día como este del año 1804 en Alemania, Ludwig van Beethoven concluye su 3.ª sinfonía, «Heroica».